OPEN

NW
NE
MIKA
W
E
KURUMI
AZUMA
SW
SE
KATORI

月
日（ ）

トラペジウム

高山一実

角川文庫
22086

アイドル文化が日本に生まれてからもう随分と経つ。数年に一回、ブームが波を打ちに来るが、今は引いている時代のように感じた。

東（あずま）ゆうにはどうでもいいことだった。

目次

口絵イラスト＝たえ

第一章　南の星　〜縦ロールの女〜

＊　1　＊

計画1日目。

帰りのホームルームを終えると今日も16時台の電車に乗り込んだ。1時間に1本しか走らないこの田舎街では、帰宅部同士でさえ自然と顔見知りになってしまう。しかし今日に限っては勝手が違った。

「高橋がキセルで停学になったらしいよ。フェンスをよじ登ってるところ、タクシー運転手に見られてチクられたんだって。」

「マジかよ、うけるな。」

空いた車内に見知らぬ男子高生2人の会話が響きわたる。出発のアナウンスが流れると、電車はいつもと逆方行へ進み出した。自分はいったい何をしているのだろう。左の3本指を頸動脈に当てると激しい拍動を感じた。引き返すチャンスは何度もあったはずなのに、私はそれを拒んだ。馬鹿で勝算のないプロジェクトだが、始める覚悟はできているようだ。

半島の南端に位置する、なにもないで有名な駅。その閑散さは降車した瞬間に伝わってきた。駅には寂れた公園が併設されており、風化で独眼になったパンダと流血したように見えるウサギの遊具が生い茂った雑草に埋もれていた。日があるうちはいいが、夜にここを通るのは想像しただけで気味が悪い。首尾よく任務を遂行し、さっさと帰宅したいものだ。

海沿いの大通りをしばらく歩いていると、小さな標識を目にする。思っていたよりも時間はかからなかった。この道を曲がれば今日の目的地まであと少し。強い海風がお節介に私の背中を押してきた。

――聖南(せいなん)テネリタス女学院。

荘厳な校門に見下され、こちらも負けじと睨(にら)み返す。ついでにベルばら調で彫刻された銘板(めいばん)にも蹴りをお見舞いしてやった。事前に Google のストリートビューで守衛室が無いことは確認してあったが、やはり警備員は一人も見当たらない。

しかし、なんの障害もなく校門を抜けられるほど、私立お嬢さま女子校は甘くなかった。

「ちょっと、あなた何やってるの？」

「私ですか？」

「他にだれがいるのよ。」

周りを見渡すと確かに誰もいなかった。白いブレザーを纏(まと)った女はまるで穴の開いた靴下を見るかのような酷い目つきでこちらを見据えてくる。偉そうに腕を組み、じりじりと距離を詰めてきた。

「うちの学校に何の用？」

「ふらっと立ち寄っただけです。」

「こんな僻地(へきち)に、用もなしに来るなんてありえないでしょう。」

「……。」

怪しまれない為にも正直に言うべきか。しかし言ったところですんなりと理解してくれるとも思えなかった。

「さ、不審者さん。一緒に職員室に行きましょう。」

「私、不審者なんかじゃありません。」

「じゃあなんなのよ。」

「私はただ…友達が…」

「…お友達？」

「この学校に友達が欲しいだけなんです。」

「ふん、おかしいわ。」

女は大きく鼻を鳴らすと目頭を押さえて笑いだした。一連の動作に上品さは感じられない。

「いい？　あなたみたいな素敵なお召し物をまとった女性と、我が校の生徒では釣り合いが取れないの。わかる？　そのフンドシみたいなスリットが入ったスカートに、首に巻きつけているニラのようなおリボン。随分とハイセンスなこと。わたくしにはついていけないわ。」

「な…」

「深く関わると面倒くさそうだから、失礼するわね。感謝しなさい。テネリタスの名を蹴り飛ばしたこと、見過ごしてあげるんだから。」

去っていく女の背中を目で追いつつ、状況整理と冷静を心がけた。しかし怒りの感情を抑制することはそう簡単ではない。

「ちっ、なにがテネリタスだよ…」

憎き女の後ろ姿に中指を突き立てた。とんだ皮肉を言われたものだ。私が着ている城州東高校の制服は酷く評判が悪い。地元民にとっては周知の事実である。

全国調査で公表されている結果によると、進学、受験の際に〝学校の制服が気になる〟という女子中学生は6~7割、〝制服が学校選びのポイントになる〟と答える者も半数以上に及ぶ。要するに女子中学生の2人に一人は、制服で高校を選んでいるということだ。

しかし東高は受験の倍率も高く、それなりにブランド力もある。制服のダサさをカバーするだけの伝統と魅力が備わっているのだから誇らしいではないか。

テネリタスの意味がラテン語で〝優しさ〟というのが本当なのであれば、あのお嬢様は退学処分にした方が良い。アイロニー女学園を設立し、早急に転校手続きをさせよう。

＊ 2 ＊

中庭に進むと、そこにはお伽の国のような景色が広がっていた。校舎を内側から覆うように広葉樹が植えられ、その下には木陰を楽しめるベンチがいくつか配置されている。夕日を反射させた美しい噴水を見ていると、ここは本当に学校なのかと疑いたくなった。

下校するところだと思われるテネリタスの生徒と何度かすれ違うも、先ほどの心的外傷が足を引っ張りなかなか話しかけることができない。押し寄せる不安と焦り。自信喪失しかけていたその時、視界に飛び込んできたのはテニスラケットを背負った一人の女だった。

「待って！」

一瞬だけ見えたそのルックスに私は目を奪われた。聞き込みからスタートしようと思っていたが、予定変更だ。必死に追いかけるも、女はテニスコートの奥へ行ってしまう。私は思わず力を込めてコートのフェンスを掴（つか）んでいた。まるで純金インゴットのような光を放つ彼女を見失ってはならない。

「ちょっとあなた。」

「はい？」

「テニス部に用でも？」

振り向くとテニスコートを穿いた小柄な女が立っていた。顔面が昔の榊原郁恵にそっくりだ。

「えっと…」

「その制服、東高？」

「はい。」

「なるほど、偵察ね。」

「て、偵察？」

「まさか東高の生徒が来るなんて。うちも強くなったってことね。せっかくなら、ちょっとやっていかない？」

「いや、私は…」

「いいからいいから！」

無理やりテニスラケットを渡された私は、しぶしぶグリップを握りしめた。テニスの経験は体育の授業でやった程度だが、運動神経には自信がある。問題は対戦相手だ。

「お手並み拝見ということで、まずは彼女と戦ってもらうわ。」

イクエ似の女は、なんと純金インゴットを連れてきた。

近距離で見る彼女は身構えてしまうほど美しく、整っていた。この顔にボールをぶつけることだけは避けたい。

「東(あずま)です。よろしくお願いします。」

「東さん、わたくしは華鳥蘭子(かとりらんこ)よ。来なさい、死にものぐるいで。」

名前まで美しい彼女は、私に向かって微笑んだ。その時、昔母親の実家で読んだある漫画の記憶が蘇った。

「…お蝶夫人？」

縦巻きロールヘアに大きなリボン。漫画に出てくる女の子のような完璧な等身バランス。そうか、華鳥という南の美少女は『エースをねらえ！』から飛び出してきた竜崎麗香(りゅうざきれいか)そのものだったのだ。

「ゲームセット。ウォン・バイ華鳥。」

結果は華鳥のストレート勝ちだった。勝負では敗れたものの、最終セットではデュースまで持ち込んだのだから素人にしては上出来だ。もしかしたら自分にはテニスの才能があるのかもしれない。

「東高のあなた、もう帰ってちょうだい。」

「え？」

イクエが私の腕を無理やり引っ張る。私の意志などお構いなしだった。

「見損なったわ。あの華鳥さんに負けるなんて。」

「ちょっと待って…」

「雑魚(ざこ)に用はないの。さようなら。」

華鳥とは一言も交わせないままテニスコートを追い出された。私の頭上には大きなハテナが浮かんでいた。このまま黙って帰るわけにはいかない。華鳥が部活を終えるのを待とうか。しかし再びイクエと顔を合わせるのも気まずかった。

「東さん！」

その時、フェンスの向こうから私を呼ぶ声が聞こえた。神は私に味方した。大きなリボンを揺らした純金インゴットが、こっちへ向かってきたのだ。

「少し場所を移動しましょう。」

華鳥が私の手首を掴んだ。長くて白い腕から伝わる体温に思わず緊張してしまう。

先ほどイクエに引っ張られたときとは大違いだ。

中庭まで来ると華鳥は手を離し、そっとベンチに腰掛けた。

「東さんに、お礼を言いに来たの。」

「お礼？」

「そう。試合前、わたくしをお蝶夫人と呼んでくれたでしょう。」

「はい。」

「嬉しかったわ。わたくしね、『エースをねらえ！』が大好きでテニス部に入ったの。」

「私も好きです！　昔母の実家にある漫画を読んで…」

「東さん、本当は何部なの？」

「え？」

「あなたはきっと、テニス部じゃない。」

「……………」

「わたくしが誰かに勝つなんて、ありえないもの。」

華鳥は悲しげに目線を落とした。さっきまで満開だったバラの花びらが、儚(はかな)げに落ちていく。

「…すみません。」

「謝ることじゃないわ。恥ずかしい話よね。こんな姿をしておいて、誰よりもテニスが弱いんだから。」

意外だった。初めて彼女を目にした時、なんて完璧で隙のない女性なんだろうと思った。しかし今の彼女は弱々しく、脆く、しおらしい。

「東さんがどうしてここに来たのかはわからないけど…とにかくありがとう。」

「実は私、この学校に友達を作りに来たんです。」

「ともだちをつくる？」

「はい。おかしいですよね。」

「おかしいわ。」

華鳥は目を細め、優しさの込もった上品な大笑いを見せた。

「でも、おかしいのはお互い様よ。」

彼女は再び私の手を取り、丁寧に包み込む。スポーツに不向きな細くて綺麗な華鳥の指。男のように大きな自分の手が恥ずかしくなった。

「お蝶夫人と呼んでくれたお礼に、わたくしでよければ友達になってあげる。」

英検準一級に合格した時以上の充足感で帰宅し、自宅の鉄扉を開けた。帰りしなに遭遇した近所のおばさんに「ご機嫌よう」と挨拶をしてみるも、「おかえりなさい」と不思議な顔をされるだけだった。自分は何を期待していたのだろう。今まで当たり前に暮らしていた環境も、別の角度から見ると急に貧相に感じられてしまう。

リビングには寄らず、そのまま5畳に凝縮された自室へ向かうと、椅子に座り、しばしの回想タイムを設けた。なんとか任務を果たすことができたようだ。最初にしては上出来であろう。

伊能忠敬顔負けのお手製地図を机に広げると、下方に位置する聖南テネリタス女学院に大きく×をつけた。同じく机に広げてあった進路志望調査の紙には何も書く気にならなかった。

携帯電話が鳴る。先ほどのお嬢さまからの連絡だった。私は彼女を「南」という名前で登録した。

第二章　西の星　～萌え袖の女～

＊1＊

東から西へ、今日も馴染みのない降車駅へと辿り着く。この駅を最寄りとする高校は3校あって、それぞれの特色や制服は、浅くだが頭に入っていた。人口がさほど多くない地域環境の下では、学区内の大まかな情報は広く知れ渡り共有される。例外なのは聖南テネリタス女学院くらいだった。学費は公立の5倍以上、バイオリンやハープ、クラシックバレエなどの芸事を授業で教わるという噂は回っていたが、私の周囲で行く者はいなかったため、真相は不明のままだった。〝南さん〟に出会うまでは。

これから行こうとしている学校にも知人はいない。しかし、そこは50年もの歴史を持つ伝統校。こちらへ流れてきている〝有力な情報〟がある。

下校する生徒たちの流れに逆らいながら、私は正門を目指した。先日とは違い、すれ違うのは男、男、男。制服姿のものは一人もいない。5年制ということもあってか、皆自分よりオトナに見えた。そう、この先にあるのは高校ではない。次のターゲットは〝西テクノ工業高等専門学校〟、偏差値66だ。

4～5歳の頃に一度、〝工業祭〟と呼ばれるこの西テクノ高専の文化祭に母親と2人で来たことがある。あれから約10年が経ち、再びここを訪れてみるも、思ったよりノスタルジーは感じられなかった。私に残された記憶は〝来た〟という事実と、その時にやった〝金魚すくい〟のわずかな時間だけだったが、そのトリミングされた部分を今、鮮明なまま脳裏にペーストしてみる。

教室の中だった。人生で初めての金魚すくい。高専のお兄さんは、何度破れても新しいポイに交換してくれた。おかげで私は狙い通りの紅色金魚をすくい上げることができたし、お兄さんたちも一緒に喜んでくれた。お土産に包んでくれた透明のビニール巾着を眺めると、さらに2匹の金魚がプレゼントされていたのを覚えている。素敵なサプライズ、嬉しすぎてお礼を言うのを忘れていたかもしれない。
うちの水槽には今もその時の金魚がいる。おまけでもらったうちの1匹が、金魚界の生存競争を生き延びたのだ。弱肉強食の世界を見事に制したソイツも、最近は少し背骨が曲がってきた。ポーカーフェイスが得意の彼は、今日も独り水槽を漂泊しているのだろう。しかし今の私には金魚のように漂っている時間はない。優しくて、笑顔が印象的だった金魚すくいのお兄さん。きっと今日もそんな高専男子が、そっと手を差し伸べてくれるはず――。

「誰かと待ち合わせ？」

「…いえ。」

「ふーん。ねぇ連絡先教えてよ。」

「………」

2秒前の自分を深く反省する。この男、胸元がざっくり開いたVネックを学校に着てくるのはいかがなものか。下に穿いている黒のスキニーパンツも太ももを締め付けていて動きづらそうだ。それだったらユニクロのポロシャツにらくだ色パンツの方がよっぽどいい。母親の買ってきた服をそのまま着ているようなコーディネートは好印象である。

「すみません。携帯持ってないので。」

すげなく断ると、彼は口をスネ夫のように尖らせて去っていった。私は握っていた携帯をそっと鞄に入れる。「素直に申し訳ない」の気持ちだけを抱えて、彼への罪悪感は葬らせていただくとしよう。

それよりも、先ほどから気になっていたことがあった。30ｍほど先、正門を入ってすぐ左に見える自転車置き場から、視線を感じてしょうがない。いや、もはや感じるどころか、完全にこっちを見ている奴がいるのだ。みどり色のチェック柄シャツが遠くからでも存在を主張している。

(隠れているつもりだろうか。)

この時間は部活があるはずなのに、門前には次から次へと下校する者達が押し寄せてくる。普通高校は6限で授業が終わるが、確か高専は8限まであるはずだ。ということはちょうど授業が終わって、現在帰宅部のラッシュアワーなのかもしれない。自転車置き場にいるということは、きっとあのみどり男も部には属していないのだろう。

私はザッザッと効果音を立ててそのまま自転車置き場へ。それに気づいたみどり男はすぐさま視線を逸らし、わざとらしく自転車の鍵を開け始めた。差したり抜いたりを意味もなく繰り返していてあからさまに不自然である。近づいていくと自転車に隠れていた下半身が徐々に見えはじめ、やがてらくだ色のズボンがあらわれた。ハイウエスト気味に穿いているせいで、くるぶしのあたりに白いソックスが少し見えてしまっている。格好悪いが、好印象だ。私は安心して声をかけることにした。

「あの。」

「……はい。」

男は鍵から手を離し、小さな声で返事をする。

「ちょっと聞きたいことあるんだけど、いいですか？」

「ぼ、ぼくにですか？」

「もちろん。」

「………」

くせ毛なのか、髪は伸びきってボサボサだった。分厚いレンズの眼鏡は重量感があるが、高い鼻が安定して支えている。返事を催促するかのようにさらに一歩距離を縮めると、彼の肌が驚くほど綺麗なことに気づかされた。ニキビや髭どころか、毛穴まで無い。一瞬ファンデーションを疑うほど白く美しい肌であった。漂う雰囲気からジェンダーレス男子とは考えづらい。おそらく天性の舞妓肌ってやつだ。

「ロボット研究会の活動場所知りたいんだけど、教えてもらえたりする？」

「あぁ……はい。」

ボソボソとした舌っ足らずなしゃべり方。決してぶっきらぼうではないが、なんだろう、この漂う童貞感は。

「……えっと…あそこに見える校舎の脇の道をまっすぐ行って…右に少し行くと中庭があってそこを……あっ……そうだな…うんいや……やっぱり……あ…案内します。」

「そんな、今帰るところだったでしょ？　いいんですか？」

「はい…多分口で説明してもわかりづらいと思いますし。」

「嬉しい。じゃ、お願いしちゃお。」

「ロボット研究会は実習室の隣のプレハブで活動しているはずなので…こっちです。」

私は大人しく彼の背中にひょこひょことついて行った。身長は私と少ししか変わらない。なんとも頼りない背中だった。

「お兄さん。さっき、自転車置き場からずっとこっち見てませんでした？」

「……え……いや……だって…制服が。」

やっぱりあれは私の勘違いではなかったようだ。

「制服？　あ、わかった。あなたもどうせ〝あのダサい制服の高校はドコだっけ〟って思ったんでしょう。」

まだあと2年以上もお世話にならなきゃいけないというのに、テネリタスのお嬢に皮肉られてから引け目を感じてしょうがない。いっそのこと今日は私服で来た方が良かったのだろうか。

「いや僕はただ…女子高校生の制服が好きなんです。」

彼はそう述懐すると、人差し指でコメカミをさすりながらへへっへとニヤケだした。

「………」

自転車置き場からの彼の眼差し、確かにそれは驚くほど真っ直ぐなものであった。彼の制服への憧れがまばゆい集合体となり、物理法則を超えた光線へと進化して私に突き刺さった。彼の元へ話しかけに行った自分は、無意識のうちに彼に導かれていたのだ。

引いてはいない。むしろ今の自分は達観していて、この年で制服好きを自覚し公言している彼の潔さのほうに違和感を覚えている次第だ。大人になってからふれる機会が少なくなり、そこで制服の良さに気づく、というようなものが悪癖誕生のプロセスだと思っていたのだが、この年から目覚めてしまうとは早めの変態界デビューだろう。

しかし、この男、さっきから斜め下ばかりを見ているのも謎である。最初に話しかけて以降、一度も彼と目が合わない。

「そんなに好きならもっと見ればいいのに。今のうちに見とかないと将来、法を犯しかねないですよ。」

「いや、なんか近くだと刺激が強くて。」

そう言いながらもチラッとこっちを見た彼の目の動きを私は見逃さなかった。角膜レベルでの変態は救いようがないため、話を逸らす。

「やっぱり高専に女子って少ないんですか？」

「そうですね。」

「さっきから一人も見ないもんなぁ。」

きょろきょろと辺りを見回すと、周囲にいる高専男子とやたら目が合う気がした。すぐ隣にある校舎を見上げると、３階の窓から自分たちを指さす人物を発見してしまう。まずい…。やはり服装が悪目立ちしているのだ。俯き気味で歩くことにすると、正面から「明日話聞かせろよ」という声が聞こえてきた。私は下を向いたまま、みどり男が知り合いと遭遇したのだと察する。すれ違う直前にそいつの表情を確認すると、悪い笑顔で男同士の目配せをしていたのがわかった。

「なんか私のせいで迷惑かけてすみません。」

「いや、全然。」

顔を覗き込むと彼は相変わらずにやついていたので安心する。続けて「貴重な経験です」と小さく呟いたので、思わず私も吹き出してしまった。

「高専の女の子ってやっぱりモテます？」

「モテますね。男ばかりの中にいると、女ってだけでかわいく見えてくるもんです。あ、あそこに見えるのが実習室なのでもう少しですよ。」

私は男の顔へと向けていた視線を遠くに見える実習室へと移そうとしたが、それよりもすぐ左にある、ネイチャーの影響をもろに受けているプールが気になった。一年中綺麗な東高の温水プールとは大違いだ。屋根もなくただ柵で囲んであるだけの造りで、シーズン前のため水が茶色く濁っている。同じく汚れたプールサイドには一人の生徒が立っていた。しかも女子だ。――まさかあれは！

「ねえ、ちょっと待って。あの女の子って！」

「あ、知ってます？　去年のNHKロボコンで有名になった――」

――大河（たいが）くるみ。本日の獲物、白虎ちゃんを早い段階で無事発見した。

「彼女はうちのプリンセスなんですよ。でもどうしてプールなんかに？」

「プリンセス……」

それは、この学校内だけの話ではないであろう。ネット上での彼女の呼び名も同じだった。

＊２＊

彼女の存在を知ったのは、聖南テネリタス女学院を訪れるよりももっと前。

〝女子校に来る教育実習生の男は人気〟〝男子校に唯一いる若い女教師はマドンナ扱い〟など、ハーレムや紅一点にはロマンが詰まっているが、〝高専の女子はモテる〟という説も耳にした時はまず同性として羨ましく思ったものだ。同時に「じゃあ校内一かわいい子って恐ろしくモテるのでは？」と高専のマドンナ最強説が私の中で立てられ、城州にある唯一の高専〝西テクノ高専〟に行くことは計画の一番初めに決定していた。

検索エンジンはヤフー。画像検索で〝西テクノ工業高等専門学校〟と入力すると、狙い通り校舎や校門の写真が表示された。

「警備、超ゆるそう。」

何となくの雰囲気が摑めて安堵していたその時、スクロールしていた手が突然止まってしまう。私の目に一枚の写真が飛び込んできたのだ。急いでカーソルを動かし画像をクリックすると、作業着姿のかわいらしい女の子がPCの画面いっぱいに表示された。下に表示されたリンク元のURLをさらにクリックし読み進めると、私は彼女の正体を知ることとなる。

URLは【画像!高専ロボコンで話題の超絶美少女大河くるみさん】と題したページへと繋がっていた。内容は、昨年NHKで放送されたロボットコンテストで〝西テクノ高専〟にいた子がめちゃめちゃかわいいと話題になった、というものである。Twitterや2ちゃんねるからいくつかの書き込みを抜粋し、キャプチャ画像と共にまとめたサイトがわざわざ作られてしまうあたり、一般人とは思えぬスペックの高さを感じる。記事の最後は〝くるみんはロボット界のプリンセスだ!〟と力強いセリフで締められていた――――。

「ネットの情報でちょっと知ったくらいなんだけど、やっぱ有名なんですか?　彼女。」

「テレビに出てから1ヶ月くらいは本当に凄かったですよ。学校までファンが押し寄せて。」

「ファン?」

「はい。地上波の力は凄くて、くるみちゃんはこの辺じゃあ話題の子になりましたよ。あぁ、もうあれから半年経つのか。」

「どのくらい有名だったんですか？」

私は〝西テクノ高専〟を検索するまで知らなかったのに。

「有名っていうか、この辺の高校の子はみんな知ってるんじゃないかな？　これくらい時間が経つと、もう周知の事実になってるから、最近は騒ぐ人もいなくなったけど…」

なるほど。今となってはダンディ坂野の話題を口にすることはほとんどないが、「ゲッツ！」で一世を風靡(ふうび)したことは、その時代を生きた者の胸にちゃんと刻まれている。それと同じ原理というわけだ。

「そういえば君は…何年生ですか？」

男の目線は下に外れていたため、「君」が私を指している気はしなかったが、この状況では私しかいないだろう。

「私ですか？　高1です。」

「ああ、じゃあそっか。去年はまだ中学生だったわけだし、受験シーズンだったから知らないかもね。」

年下だとわかった途端にタメ語になる男。そして、くるみの話になった途端饒舌（じょうぜつ）になったのは気のせいだろうか。

「あの…嫌だったら言わなくていいんだけど。君は……どうしてうちのロボット研究会に？」

「実は彼女に会いになんです。」

「あ、そうだったのか。最近彼女の存在を知ってファンになったとか？」

「まあ、簡単に言うとそんな感じです。」

「半年前だったら門前払いされてただろうけど、今なら話くらいは聞いてくれるかもね。」

「え？　それってどういう……」

話し終わる前に彼が歩き出したので、後を追いかける。実習室へ向かう必要はなくなった。プールへと繋がる金網扉に、彼はなんのためらいもなく手を掛ける。

＊　3　＊

「幽霊部員が久しぶりに顔を出したと思ったら、女の子連れ込んで。」

「まあね。」

ぐへへと笑う男を睨みつけたいが、表情を崩すことはできない。まさかここまで案内してくれた彼もロボット研究会の一員だったとは。しかしそれ以上に、近距離で見る本物の大河くるみに驚嘆する。写真で見るよりも丸くタレた目に色素の薄い瞳。凹凸のない顔立ちと薄い唇が〝かわいい〟を決定的にしていた。自分より少し長めのぱっつんボブ、さらにトップの辺りの髪をウサギのゴムでくくっていた。小柄なのにわざとオーバーサイズのトレーナーを纏っているのは身体が華奢だからできる技で、普通の子が着たら膨張して見えかねない。ただ薄手とはいえ、この時期にトレーナーでは上半身が暑くないのだろうか。自ずとなる萌え袖は日焼け対策なのか、それともあざとさゆえなのか、判断し難い。かわいい見た目に反して尖った口調が違和感を残したが、高くか細い声のせいかキツい印象は受けなかった。

彼にピシャリと言い放つと、彼女は何事もなかったかのように振り返って歩き出し、50mプールの真ん中あたりのプールサイドに腰を下ろした。一度引き上げたロボットを再びプールに浮かべ、パソコンとコントローラーをいじり始める。

「じゃあ、そろそろ帰る時間なので僕はこの辺で。」

「ありがとう。」

ここまでの十分すぎるガイドに御礼を言い、流れで聞かれた電話番号も教えることにした。これだけの距離を保てていれば不自然な会話がくるみまで届く心配はない。

「頑張ってよ。」

彼の細い瞳が、ぶ厚いレンズごしにようやくこっちを向いた。一瞬、無音の世界が広がる。気づいた時には彼の姿はなかった。

「………」

不思議な出会いもあるものだ。制服好きの変な男。まさか最後にあんな目をするとは。

せっかくここまでしてくれた彼への恩を無駄にしないためにも何とかしなければならない。ただ、私が今一人でここにいる状況は大河くるみからしたら確実に謎だ。

彼女はひたすらロボットに夢中で、こちらが一人になったことにすらまだ気づいていない。私は静かにプールサイドへと歩を進める。そろり、そろりと徐々に近づいていくと、気配を察知したくるみがこちらを向いた。そして急いでロボットを引き上げだした。私はそんな彼女を見つめながら、さらに距離を縮めていく。

「そ、そのロボット素敵ですね。」

「………」

「私は城州東高校からやって来た東と言います。」

「……。」

「今は何をされているのですか？　もしよろしければ少し見学をさせ…」

「ちょ、ちょっと。」

これ以上近づくなと言わんばかりに会話を遮られる。

「急に何なんですか？」

彼女は顔の前で手をワシャワシャさせながらこちらへ困惑の表情を向けてきた。

「あの、怪しい者ではありません。ちょっとロボットに興味があってここまでやって来たというか、でも別に詳しい訳では全然なくて…」

「んーなんだか状況がよく分かんない。ごめんなさい。失礼します。」

ゆったりとした口調ながらも彼女はきっぱりとそう告げ、扱っていた機器を一度に抱えこむと近くに置いてあったカートに載せ始めた。慌ててした呼び止めは無意味であり、彼女は一度もこちらを振り返らずプールを去ってしまった。

「しっぱい……か。」

私のスクールバッグには、この後彼女に見せようとしていた「初心者用ロボット組み立てキット」が大事にしまいこまれていた。Amazonで6万円、この日のために500円玉貯金を切り崩して買ったけれど、無駄になってしまったようだ。計画通りにいけば「説明書が想像以上に難解で困っていて」と打ち明け、一緒に作ってもらう予定だった。そんなにうまくいくわけがないのはわかっていたはずなのに、淡い期待を抱いてしまっていたのだ。理想を描くことと期待すること、その違いに私は気付けなかった。理想は一人で描くもので、期待は他者に向けてするものだ。もう期待をすることはやめよう。

見上げると空が青黒い。コケの生えた青いプールサイドと茶色い水は今の自分にふさわしい。耳に無理やりイヤホンを突っ込み、鉛のように重い足を強制的に持ち上げる。今日はもう、誰にも会いたくない。流れてくる歌詞の意味をなぞり、最大限曲の世界に入り込もうと、それだけを意識した帰り道であった。

＊ 4 ＊

ローファーを脱ぎフローリングを踏むと、足の疲れが床に吸収されていく。帰宅後の流れはいつもと変えずに、今日も自室の机に向かうことにした。そうすると振り返りたくない一日でも自然と脳が反省を行う。

これからどうするべきか。西にある他の高校に標的を変えるという手もある。しかし、こんなにも喉から手が出るほど欲しいと思わせる人物が他にいるだろうか。探したところで見つかる気がしない。

今日お世話になったあの男に相談してみようか。彼には電話番号を一方的に教えただけであったが、今は片方が番号を登録すると相手にも自動的に自分のアカウントが通知される便利なアプリがある。「シンジ」はすでに私の友達としてリストに追加されていた。

（今日はありがとうございました。あの後くるみさんはすぐに帰ってしまって…私が不快にさせてしまったせいです。申し訳ない。）

こんなに暗い報告が来るとは彼も驚いたであろう。返事が来るまで「シンジ」のアイコンを眺めて時間を潰した。ホーム画面は美しい夜空だった。制服を着た2次元少女の画像を予想していただけに、なんだか期待はずれだった。トップ画像はデフォルトのまま。結局彼のパーソナルな情報は「シンジ」という名前しかわからなかった。

トーク画面に戻ると私の送った文は既読されていた。すぐに新着通知が上欄に表示される。

(こちらこそ今日はありがとう。実は家に着いてすぐくるみちゃんからも連絡があったよ。さっき一緒にいたあの子は本当は何者なんだって。)

こんなとき、好きな人からの連絡であれば、返信のタイミングを早すぎず遅すぎずで計ったりするのだろうか。私は迷うことなく返事をした。

(そうですか。板挟みにさせてしまってすみません。)

一体シンジはくるみに何と答えたのだろう。質問しようと文章を打ち込んでいると、彼から続けてメッセージが届く。

(東さんの正体は僕なりにうまいこと答えておきました。くるみちゃんもまた来てほしいらしいです。今度はちゃんとロボット見せるって。)

私が高専を後にしたのは18時半頃。ただいまの時刻20時47分。このたった2時間ちょっとの間に一体何が起きたのか、状況の目まぐるしさに困惑する。落ち込んで、喜んでの落差があまりにも大きかったせいなのか、この文を読んだ直後には嬉しさの中に少しじれったさが交じっていた。

(ありがとうございます。明後日伺わせていただきます。)

なるべく早い方がいいかと思ったが、明日は雨予報だ。それに、この一日を使ってロボコンについての知識を深めておきたかった。安堵と共に訪れたのは食欲で、リビングへ向かい夕飯のカニクリームコロッケを摘むと今度は睡魔が襲ってきた。1時間だけ、仮眠程度のつもりでソファに横になる。だが、目が覚めた頃にはカーテンのすきまから青い光が差し込んでいた。

＊　5　＊

「あ、東さん。」

プールサイドから手を振る彼女に、こちらも振り返す。見事なまでの歓迎ムードだ。タレ目がよりいっそう下がり、真っ白な歯を見せた彼女の笑顔には、〝にまー〟という効果音が付けられそうであった。左隣には今日も無機質な塊が置かれている。右隣へと促され、私はくるみと肩を並べて座った。前回とのあまりの対応の違いに少し気恥ずかしさを感じていると、彼女が先に口を開いた。

「この間はあんな失礼な態度をとってしまって、すみませんでした。」

「いえ。こちらこそ急に話しかけちゃって。」

「東さんは悪くないです。シンちゃんから話、聞きました。今日も電車で1時間以上ゆられてわざわざ来てくれたんですよね。東さんのロボットに対する熱意とか、聞いた時はちょっと驚いたけど……伝わって。」

シンジは私のことをロボットマニアぐらいに設定したのであろうか。それが功を奏して今に至るのだから責めたりはしないが、前もって「こういうことにしてあるから」と一言伝えてくれても良かったのに。とはいえ、シンジが繋げてくれたバトンをここで落とすわけにはいかない。ボロが出ないよう、これまで以上に慎重なコミュニケーションを心がける。

「ロボット好きの女の子ってなかなかいないので、いつかくるみさんにお会いしたかったんです。くるみさん、有名だから。」

「………」

くるみは微かに顔を歪ませた。やはり彼女は、自分の存在が知れ渡っていることを喜んではいないようだ。

「私が一方的にくるみさんを知って、会いにまで来てしまって、すみません。まず自分のことを話します。」

私はくるみに簡単な自己紹介をした。アイドルが好きだということ、小さい頃にクラシックバレエをやっていたが今はやめてしまったこと、この前カラオケに行った時に初めて採点で100点を出したこと、タミヤで買ったロボットがうまく作れなかったこと…これを全て自分の特技である英語で話した。最後のエピソードだけは、どうしても〝ロボット〟という単語を入れたかったがための真っ赤な嘘である。

「すごーい！　ペラペラ！　くるみの聞き間違いかな？　タミヤでロボット買ったの？」

「はい。」

「いいなー。くるみ行ったことなくて！」

そう言って再び〝にまー〟と笑う彼女を見たら、いっそこのまま本格的なロボットマニアを目指すのも悪くないと思ってしまった。

くるみの物腰はとても柔らかい。シンジと話している時に感じた尖った口調は一切なかった。こっちが普段の姿なのかもしれない。しかし彼に対してのあの冷たさは愛があってのものだというのは、なんとなく伝わってくる。

「あの、この前から気になってたこと、聞いていいですか？」

「はい。」

「なぜプールにいるのですか？」

ロボット研究会の拠点は他にあるようだし、強豪校なのだから部員もそこそこいるはずなのに、どうして彼女は一人でここにいるのだろう。

「喧嘩中なんです。」

「喧嘩？」

「はい。話せば長くなりますが、聞いてもらいたい気もします。」

「私で良ければ全然。聞かせてください。」

「ありがと。うちの学校、去年のロボコンで『ウサギの姿をした飛び跳ねるロボット』がデザイン賞をもらったの。そのまま審査員の推薦枠も獲得できて、全国大会にも出られた。今年もみんなで全国行くんだって、部員のみんなはデザイン賞狙いでアイデアを固めている最中でね……それが嫌なの。くるみはどうしても競技に勝つロボットを作りたいから。」

「デザイン性もあって勝てるロボットを作ればいいんじゃないですか？」

「両方は難しい。性能にこだわると余分な装飾は邪魔になっちゃうから。くるみもこの一年でできるプログラミングの幅が広がったから、C＋＋とか Java を使った可能性を試したいし…」

「C＋＋を使えるなんて、凄いですね。同年代なのに尊敬します。」

「そうかな？　嬉しい。」

彼女が口にしたC++やJavaはオブジェクト指向言語と呼ばれ、習得の難易度は非常に高い。専門用語にも対応できるくらいには、予習の成果がでているようだ。

「デザイン賞はね、獲っても全国大会に行けるとは限らないの。推薦してもらえるかなんて審査員の好み次第だし。でも優勝すれば確実に全国に行ける。去年は一回戦敗退だったけど、今年は国技館でも戦いたいの。」

　そう話す彼女は隣のロボットを撫でるように見つめていた。

「それは？」

「今年の競技用に、メカニック班に試験的に作ってもらったロボット。まだ実験段階だけど、自分のプログラムが制御できるか試すのには十分。今はくるみ一人だけ勝手な行動をさせてもらっているけど、上手くいけばみんなにも認めてもらえるかなって。各学校2チームまでエントリーできるし、あと2人こっちに協力してくれれば。」

　日本人は健気に頑張る人が好きだ。ましてやこんな美少女が遮二無二（しゃにむに）努力している姿を見たら、応援しないわけがないだろう。これまで、高専女子なんてちやほやしてくれる男子を尻に敷いて過ごしているのだろうと僻見（びゃっけん）していた自分を戒めてやりたい。

「ただ、今年のテーマがなかなかの難題で困ってて。」

　彼女は茶色のプールに視線を落とす。

「今年は水上競技。初の試みらしくて、発表された時はみんな戸惑っちゃった。国技館に水を敷くって発想が今までなかったから、不思議な感じ。」

「この濁ったプールじゃ、大変そうですね。」

「うん。正直不備だらけ。」

くるみの困り顔を見ながら、私は良案を思いついた。

「うちの学校でプールの使用許可取ってみましょうか？」

くるみは目と口を大きく開け4秒ほど停止した後、瞬きもしないまま大きく頷(うなず)いた。

これで私はまたくるみと会うことができる。

「ただいま。」

「ゆう、また帰り遅いけどどこ行ってたの？」

「居残りで勉強。お、今日ロールキャベツじゃん。」

大好物で一人祝勝会を開いていると、携帯が光る。

(今日はどうだった？)

送信者はシンジだった。

「ゆっくりくるみちゃんと話すことができました…っと。」

（成功したんだ！　よかったね！）

短い文だが、びっくりマークからシンジの喜ぶ顔が浮かぶ。

「ゆう、ご飯食べるか携帯いじるかどっちかにしなさい。」

「オーケー。ごちそうさま。」

ソファで寝転びながら私はシンジに返す文章を考えた。

――なぜここまで親切にしてくれたのですか？

重たい質問だろうか。結局私は送ることなく画面をオフにした。

お風呂から上がるとくるみから連絡が来ていた。デフォルトのものではない可愛い顔文字やウサギとハートが並んだ絵文字を句点代わりに使用しているあたり、やはりこの人は自分の強みを理解している。内容はプールが使える日がわかり次第教えて欲しいというものだった。（任せて！）と返事をし、私は水泳部からプールを乗っ取る計画を立てる。すっかり忘れていた宿題は明日の朝にでもやればいい。

第三章　東の星　～輝きたい女～

＊　1　＊

大河くるみと親しくなるだけのつもりが、最終的に西テクノ高専を準優勝させてしまった。

プールはまさかの華鳥の家の庭にあったという結末だが、その華鳥とくるみをくっつけたのは私だ。

「一緒に戦ってくれたBチームのみんな、そして2ヶ月ほど身勝手な行動をしてしまった私を優しく受け入れてくれた部員の皆さん、本当にありがとうございました。沢山の方の助けを借りてこの結果があります。来年は優勝を目指して頑張ります。」

これは先日の高専ロボットコンテスト終了後、くるみがロボット研究会のみんなに涙ながらに話した言葉であった。私と華鳥は少し離れた所からその姿を覗いていた。表彰前から目に涙を溜めていたお嬢様は、その言葉でストッパーが外れたように泣き出し、白いレースのハンカチで顔を拭う。華鳥には一つ一つの動作がまるで舞台上のヒロインかのように劇的になってしまう短所があった。

今年の課題はやはり例年と傾向が違ったせいか、強豪校と呼ばれる学校が次々と敗退していった。「練習場となる水場の設備環境が何よりの勝因」という、大会後のメディアインタビューでのくるみの言葉は私たちを気遣ってのものではないだろう。西テクノ高専が決勝まで勝ち進めたのは、水場を提供した人間のうしろだてがあってこそだ。

くるみにとってロボコンは使命だというが、わたしにとってはただのツールにすぎない。ロボコンは接着剤だ。多少時間と労力はかかったが、おかげで東西南はアロンアルフア並の粘着力で固まった。さて、〝北〟をどうするか。

＊２＊

「見たわよ昨日の放送。ロボットコンテストっていうより、もうくるみさんの番組だったじゃない。」

「……」

「どうしたのよ、そんな浮かない顔をして。」

「学校で、疲れた。」

だろうな、と思う。アサイースムージーを飲みながら無言で様子を窺っていると、華鳥はこちらに目線を送ってきた。

「東さんも見たでしょう？」

「もちろん。なんか懐かしかったね。」

全国大会から1ヶ月。ついに昨日、その模様が全国ネットで放映された。準優勝という結果なだけにくるみが映る事は確信していたが、あんなにもスポットが当たるとは。

「くるみコミュニケーションが得意じゃないからさー。大量に話しかけられても困る。」

「それだけみんなが見てたってことよ。普段テレビをつけない私が見たんだから。」

すぐに自分基準のモノサシを持ち出す華鳥にも、もう慣れた。ロボコンが終わってからも私は南西に招集をかけていた。週に1回、プールだった拠点をショッピングモール内のフードコートに移しただけだ。

「来週NHKの取材を受けることになった。」

「あら、すごいじゃない。ちゃんと録画するわ。」

――取材？

「くるみちゃん、それ私たちも映れない？」

「何言ってるのよ東さん。わたくしたちは何も関係ないじゃない。」

「ほら、友達枠とかで！」

「無理よそんなの。ね、くるみさん？」

「ちょっと難しいかなー。」

くるみは目を細めてアヒル口をした。どうやらこの取材というのはロボット研究会全体への密着らしい。普通なら優勝校にオファーがいくはずだが、絶対的くるみ効果である。

「あ！」

「どうしたの東さん。」

ふと時計を見ると18時を回っていた。約束の時間まであと30分だ。

「ごめん。私そろそろ帰る。」

「あら、何か用でもあるの？」

「ちょっと留守番頼まれてて。」

まだ半分ほど残っているアサイースムージーを左手に持ち、右手でGoogleマップを開いた。もう少し上手な嘘をつけばよかったと反省しつつ、私は次の場所へと向かう。

〝喫茶室ＢＯＮ〟

小さな看板がドアにかけられていた。ここで間違いないようだ。1つしかない小窓にはレースのカーテンがかかっているため内観を確認することはできない。一見(いちげん)さんにはなかなかハードルの高い店だ。

「いらっしゃい。」

ゆっくり扉を押すと、白髪のマスターが出迎えてくれた。

「こんばんは。」

一番奥のテーブル席に彼を見つける。生意気にもアイスコーヒーを飲んで待っていた。

「お待たせ。」

「いやいや。」

シンジは、ぎこちなく笑った。お冷を運びに来たマスターにオレンジジュースを注文し、彼の前に座る。

「いいお店だね。」

「よかった。僕の行きつけなんだ。」

店内には私たちの他にお客はいなかった。生しぼりという訳ではないようで、すぐにオレンジ色のグラスが運ばれてくる。

「さっきまでくるみちゃんと一緒だったよ。」

「ここへ来ることは？」

「もちろん言ってない。」

「そっか。」

ロボコン当日、くるみの応援に行くとシンジの姿を見かけた。彼は首から本格的カメラをぶら下げていて、そんな姿を見たら声をかけずにはいられなかった。

――私のこと覚えてますか？

「いやー、国技館ではびっくりしたよ。まさかまた東さんに会えるとは思ってなくて。」

「幽霊部員の割に忙しそうだったね。」

「今年は特にバタついてたなぁ。あ、頼まれたカメラ持ってきたよ。」

重みのある一眼レフを受け取り、すぐにデータを確認した。…完璧すぎる写真だ。レンズがデカくて重いだけのことはある。枚数も数百枚あり、ヨリのカットも多い。これならバッチリだろう。

「ねぇ、東さん。どうしてあの時、僕にくるみちゃんの写真を大量に撮るように言ったんだい？」

「この写真さ、全部私にちょうだい。」

「それはどうして？」

「いいから！」

シンジは悩んでいた。無理もない、自分は何の説明もしていないのだ。

「欲しい理由を言ってくれないと僕も素直に頷(うなず)けない。」

笑われないだろうか。馬鹿にされないだろうか。むしろ共謀者になってもらおうか。

とりあえず何でもいいから口にしなくてはいけないのに、私は嘘が下手だった。

「もしかして東さん、女の子が好き？」

「へ？」

「いや、僕は全然いいと思うよ。ほら、くるみちゃん可愛いし。」

「違う違う！　そうじゃなくて……えっと……笑わない？」

「笑わない。約束するよ。」

「……実は……城州の東西南北から一人ずつ集めてアイドルグループをつくりたいなって。」

一世一代をかけた計画を打ち明けると、彼は眉をハの字にし、笑っているのか困っているのか、どちらとも取れる表情を見せた。

「勇気出して言ったのに、なにその顔。」

「いや。なんか、妙に納得しちゃって。」

「嘘でしょ？　驚かないの？」

「うん。だって、初めて会った時から君は変わって見えたから。」

「……………」

制服愛好者のメガネには言われたくなかったが、ここはぐっと我慢する。

「それで、くるみちゃんが西の代表ってわけ？」

「そう。正直くるみちゃんの人気に便乗したいわけですよ。だからそのシンジくんの撮った画像、欲しいの。」

「あげたとして、どうする気？」

「ネットに拡散させたい。」

すでにある一部の層には知られているくるみだが、もっと有名にする必要がある。頭がいい、ロボットが作れる、彼女の魅力はそれだけではなかった。あの〝にまー〟と効果音のつくような笑顔、抱きしめたくなる切ない表情、くるみは周りの空気を変える力を持っていた。その才能はアイドルに直結している気がする。

「奇跡が起きれば、一枚の写真でだってアイドルになれるかもしれないよ。」

シンジは黙って頷いていた。

「昨日のロボコンの番組だって完全にヒロイン扱いでさ。凄いよ、くるみちゃんは。他校のうちでさえその話で持ちきりだったし。でも昨日をくるみちゃんのピークにしたくない。番組が放送された時だけ関心を持たれるんじゃなくて、あくまでもロボコンは彼女を知るきっかけの一つにしたい。参考資料が多い方がくるみちゃんの可愛さは伝わる。だからこの写真を見て、もっと沢山の人が関心を…」

ハッと気付いた時にはもう遅い。彼を置き去りにしていることも気付かず、随分と独りで喋ってしまっていた。

「ごめん。」

私は落ち着きを取り戻すためにオレンジジュースを一気に飲み干し、息を整えた。

「東さんって、面白い人なんだね。」

「嬉しくないんだけど。」

「くるみちゃんに関してはわかったよ。でも、東西南北からわざわざ集める意味は？」

「私、可愛い子見るたび思うのよ、アイドルになればいいのにって。でもきっときっかけがないんだと思う。だから私が作ってあげるの。くるみちゃんも、南から見つけてきた華鳥って子も、すっごく可愛いけど本人がアイドルに手を伸ばさない限りはなることができないでしょ？　それって凄くもったいない。本当は全校回りたいくらいだけど、学校生活もあるから時間は限られてるし。それだったらまず4校を厳選して……って、聞いてる？」

シンジはテーブルに置かれていたスマホをいじり始めた。しばらくは優しさで聞いてくれていたが、本当はとっくの昔から呆れていたのかもしれない。

「これ見て。」

彼が突然スマホ画面をこちらへ突き出した。

「なに？　この画像。」

「テカポ湖に行ったときの写真。」

「え、まさか自分で撮ったの？」

「うん。中学生の時に。」

それは絵に描いたような幻想的な光景だった。てっきりネットで拾ってきた画像だと思っていた私には、テカポ湖が何処にあるのかなど気にならなかった。石造りの教会を膨大な数の星達が囲んでいる。こんな景色が現実に存在するのか。存在したところで素人がここまで綺麗に写真に収めることができるのか。

「元々星が好きだったんだ。でもカメラでそれを写すのって難しくて。練習していくうちに気づいたらハマってた。」

「すっごくきれい。」

「これからまた写真を撮ることがあったら、僕に手伝わせてよ。」

シンジのこの目を見るのは、2回目だった。再び無音の世界が広がる――――気づいたらシンジはコーヒーを飲みほしていた。

「ねぇ東さん、おかわり頼んでもいい？」

「シンジくんが飲むなら私も飲むよ。」

「よかった。」

シンジが原始的な呼び鈴をチリンと鳴らすと、マスターが奥のキッチンから顔を出す。

「コーヒーとオレンジジュースもう一杯ください。」

「かしこまりました。」

マスターはメモを取ることもなく再びキッチンへと戻っていく。

「女の子が夜遅くまで、大丈夫なの？」

「いいの。このお店気に入ったから。そのかわり帰ったらすぐ写真ちょうだいね。」

「わかった。さ、話の続きをしよう。」


下駄箱に入った自分の上履きを見て、家に帰った日があります。画鋲が入っていたとか、いたずら書きをされていたとか、そういうわけではありません。それに履き替えることがどうしてもできなかったのです。

その日を境に、ワタシはしばらく学校に行けなくなりました。勉強が嫌いなわけではなかったので、ババハウスの存在を知った時は嬉しかったです。馬場さんというふくよかな女性は、ワタシのすべてを包み込んでくれました。それが小学校5年生の時です。

それから2年間、ババハウスで頑張りました。みんなと同じ中学にはどうしても行きたくなかったため、地元に唯一ある中高一貫校を受験することにしました。小学校の出席日数が響くのではないかと心配しましたが、無事合格できてよかったです。ここから新スタート、ワタシの再出発。ババハウスとはさよならになります。そして、コンプレックスだった容姿をこのタイミングで直すことにしました。両親が許可したのですから、ワタシの顔面はよほど醜いものだったのです。

「普通の学校では心まで見てもらうことはできないから、強くなろうね」と母は言いました。ワタシはもう昔のワタシではありません。自信を持って頷きました。

しかし半年が経った頃、ワタシは再びババハウスに通うことになってしまいました。どうしても心の学校が必要だったのです。両親に迷惑をかけないように、日中は学校に行き、放課後はババハウスに駆け込むという生活を送りました。学校に行く時は心を持っていかない、そうすることで昔ほど傷つくことはなくなりました。

ババハウスのオープンスペースには幾つもの大きい本棚が置かれていて、１０００冊以上の本が並んでいます。ワタシはここで誰にも邪魔されずに本を読むことが好きです。今日も一冊の本を手に取り、心を解放しました。

意地汚い隣人、暴力的な片親、薬漬けの親友…この登場人物たちに囲まれた生活に比べれば、ワタシの生きる世界は暮らしやすい。うちの隣に住む老夫婦は親切に接してくれるし、母も父もワタシのことをいつも心配してくれます。親友は――そもそもいないのです。ワタシのことを友達だと言ってくれた人は、とっくの昔に遠くへ消えてしまいました

最後のページを読み終えると、時計の針は21時を指しています。

「すみません。夜遅くまで。」

「いいのよ。ここには好きなだけいて。」

馬場さんは分厚い頬をゆるめて笑いました。こんなに優しい人が近くにいてくれる。それだけで充分です。

「帰りは？」

「迎えが来てくれます。」

「そう、よかった。気をつけてね。」

シートベルトを締めると、格好悪い軽自動車はゆっくりと走りだしました。

「美嘉、あのさ。」

「うん。」

「ほどほどにしといた方がいい。このままだと、永遠にババハウスに通いつづけることになるぞ。」

「うん。」

「将来のこととかちゃんと考えているのか？」

「うん。」

「このままでいいのか？　毎日楽しいか？」

「うん。」

――楽しいわけがなかった。先の見えない暗いトンネルをただひたすら歩いている人生。嫌われる才能を持って生まれてしまったワタシは、どんなに頑張っても憎まれてしまう運命なのです。

「美嘉、俺…心配だよ。できることはするからさ…なんか言ってくれ。何がしたいとか、どうなりたいとか…」

「大河くるみ。」

「え？」

「大河くるみになりたい。」

城州の人はみんな彼女を知っています。可愛くて頭も良くて人気者。ずっと思っていました。彼女の真似をすれば自分も近づけるかもしれない、華やかな人生を歩めるかもしれない、と。

ワタシは、大河くるみに会いたいです。

＊　3　＊

「ハッピーニューイヤー」

第一声でそう発したものの、今日はもう元日から7日が経っている。年末から年始にかけては流石に3人とも家族との時間にあてていた。年明け一発目の顔合わせはいつものようにフードコートになるかと思ったが、華鳥がパソコンを買いに電器屋に行きたいとねだり出した。普段からお金には不自由していない華鳥お嬢さまだが、お年玉で数十万円の大金を得たらしい。城州地方は北に行くほど街が栄えているため、大手家電量販店に行くには北に出るしか方法がなかった。

「駅から近い方でいいよね。」

「東さんって本当にしっかりしているわよね。頼もしいわ。」

誰かを頼りにする華鳥の癖は年が変わっても相変わらずだが、こうして誉めて乗せられると自分も悪い気はしないのである。

〝新製品が安い〟を売り文句にしている電器屋に到着し、4階のパソコン売場へと向かった。全面鏡になっているエスカレーターでは各々の本性が見えて面白い。お洒落に疎(うと)そうなくるみも、いつも堂々としている華鳥でさえも、左右の鏡をチラッと覗いて自分の身なりを確認していたのを私は見逃さなかった。ここは人間の大半が隠し持つナルシシズムが解放される数少ないスポットだと思う。私はマイノリティーを誓い、顔を正面に固定するのであった。

「これ1つ下さる？」

豊富な機能が備わったパソコンは15万円ほどだった。これを華鳥は使いこなせるのだろうか。くるみの影響でパソコンが欲しくなったのはお見通しだが、買ったところで活用できない姿も容易に想像できる。大きな紙袋を抱えると、華鳥はいかにも満足げな笑みを浮かべた。金は持っているのだから配送にしてもらえばよかったものを「この重みを感じて持ち帰ることがプレシャスよ」と庶民にはわからない持論を主張した。

「あのね、くるみも行きたいところあるー。」

「いいよ。どこ？」

「本屋さん。お友達の誕生日プレゼント買いたくて。」

「あぁ、確かこの近くに大きいブックセンターがあったはず。」

「東ちゃんがいれば道に迷わないね。」

一番先頭を歩くのは決まって私だ。甘え上手の子虎は私の後ろをひょこひょことついてくる。

「ちょっと、もう少しゆっくり歩いてくれないかしら？」

「南さん、荷物重いなら今日はもう家帰っていいよー。」

「冷たいわね。私も一緒に行くわよ。」

本屋に到着すると、くるみは小走りで店の奥へと行ってしまった。入り口近くの新刊棚をぶらりと覗いてみたが、知っている作家は村上春樹くらいしかいない。それも作品を読んだわけではなく、名前を聞いたことがある程度だ。自分がいかに読書と縁のない人間か気づかされる。池上彰や安倍晋三が表紙を飾る政治本の前ではスーツ姿の中年男性が肩を並べて立ち読みをしていた。マーケティングや園芸の棚を素通りし、ふと自己啓発本のコーナーで立ち止まる。

『成功者になるための9つの方法』

ありきたりなタイトルだなと思ったが、これがどうやら30万部を超えているらしい。いったん手に取るも2、3ページめくったところで本を閉じ、平積みの一番上へと戻す。早々に目に飛び込んできた〝計画性を持つのは止めましょう〟がどうも共感できなかったのだ。そもそも無計画で生きた人が本を出せるのか？と疑問が胸に渦巻く。

「東ちゃん、東ちゃん。」

袋を抱えたくるみが、私の肩にぴたりとくっついてきた。無事プレゼントを購入できたようだが様子がおかしい。

「どうしたの？」

「ねぇあの子見て。すっごく可愛い。」

くるみが人の容姿を誉めるのは珍しかった。動物や2次元の美少女キャラの画像はたびたび見せられるが、街でこんなことを言ってくるのは初めてだ。

「…確かに。」

ここからの角度では横顔しか見えないが、目が異様に大きく鼻筋も通っていて、それでいて特にクセのない、万人受けする顔をしている気がする。しかしメイクのせいなのか、それとも異様に艶のあるロングヘアのせいなのか、南、西の2人にはない色気が醸し出されていた。

「可愛いけど、男好きって感じ。」

背の低いくるみに屈んで耳打ちをする。薬指にペアリングでもはめているんじゃないかと悲観的な気持ちで手元を見ると、彼女の読んでいる本のタイトルが目に入ってしまう。

――意外だった。モテそうな、恋愛気質っぽい雰囲気を纏って見えた彼女が『愛に生きない若者たち』と題された本を読んでいるとは。先ほどまでの考えが一気に塗り替えられる。

2人して俗に言うところの〝ガン見〟をしていると、立ち読み少女はすぐにこちらの視線に気づいた。急いで別の方向を向くも、一瞬だけ目があってしまう。不審に思われただろうか。棚から適当な本を一冊手に取り、読んでいるふりをして彼女の顔色を〝チラ見〟する。すると、少女の口元が動いた。

「東ちゃん？」

大きな瞳は私を見つめている。

「やっぱり東ちゃんだよね。」

「え、えっと…」

「私のこと覚えてる？　亀井(かめい)美嘉。小学生の時同じクラスだった。」

「かめい…さん。」

――聞き覚えがある名前だ。しかし私の記憶にある亀井美嘉と目の前の彼女は、全く一致してくれないのだった。

第四章　北の星　～善を為す女～

＊　1　＊

蜆(しじみ)の味噌汁でオルニチンを摂取しつつ、視線はテレビ画面へと送り今日の星占いをチェックした。いつもと何ら変わりのない朝が始まる。そろそろ出発の時間だ。イチゴのヘタをむしりとり、2粒口に詰め込んだ。通学路にできた凍った水溜りを足で潰しながら登校する。お腹と背中に貼ったカイロはいつも学校に着くまで温まってくれない。

暖房のついた教室に足を踏み入れると、生ぬるい空気の中にぼんやりとした違和感を覚えた。が、何くわぬ顔を貫き、後方に置かれた自分の机へと直進する。近くにいた子には小さく挨拶をし、席に着くなり鞄の中身を机の引き出しに移し替えていると、教卓付近で展開されている会話が耳に届いた。本日も情報通のアッコによるトークショーが開催中だ。

「で、さっきの続きだけど！　いつも妙に下校が早いなぁと思ったら他校の子と連んでるらしいよ。」

「まー帰宅部だしね。でもなんで？　アッコ見たの？」

「いや。昨日、西テクノの男が教えてくれた。同中だった奴。」

「西テクノってさー、大河くるみがいるとこ？」

「そうそう、まさにその子と東さんが仲良いんだって。」

「へー。」

「でね、もう一人派手な……」

――キンコーン。

予鈴によって会話が遮られるとアッコ集団は各々の席へと戻っていく。団地近くの公園で世間話をすることを生き甲斐とし「もうこんな時間だわ、夕飯作らなきゃ」と言っている20年後の彼女らを想像してしまった。

自分が噂されていることに気づかないほど、鈍い女ではない。相づち担当の一人がいちいちこちらの表情を窺ってくるのが鬱陶しかった。あえてこちらに聞こえるように言っているのか、もしくは自分たち的には小声で喋っているつもりなのかは判断できないが、どちらにせよアッコによって今日のうちに学年女子へ情報が拡散されるのは確実なのである。覚悟はできているが、悪い伝わり方をするのだけは御免だ。入学してから9ヶ月が経つが、これまで最低限嫌われないように立ち振る舞ってきたつもりであった。スピーチコンテストに出るのも我慢したし、バスケ部のキャプテンに告白された時も丁重にお断りした。

　ただただ身なりにだけは気を遣い、愛想が悪くならない程度に受け答えをする。そうして体裁を考えながらひっそりと過ごしてきた。そのおかげか、入学してから今まで、物を隠されたり机に下品な言葉を書かれたりしたことは一度もない。高校における人間関係は、それなりに良好であった。

　昼休みに隣のクラスへ行ってみることにした。行き慣れない教室は入りづらい。しかも、よりによって彼女は窓側の席にいる。提出物だろうか、ノートに文字を書き記していた。作業の妨げになってしまうのは忍びないが、一人でいるのは好都合である。背後へと廻り肩を軽くつつくとペンを持つ手が止まった。振り向いた彼女はこちらを確認するなりニカッと笑い、ヘソごとこちらへ向ける。

「おー東っち。どうした？」

「突然申し訳ないね。ちょっとミッツーに聞きたいことがあって。」

「え、うちに？　珍しっ。」

口調は乱暴だが心は割と綺麗なことは承知済みだ。〝ミッツー〟とは保育園の頃からの付き合いで、中学も同じであった。一緒に遊ぶほどの深い関係ではなかったが、それは単に境遇が違ったからである。彼女は昔から男子に交ざってサッカーや野球をしていた。肌は小麦色で髪はベリーショート、高校生になった今もその容姿は変わっていない。最近はソフトボール部の仲間と行動を共にしているのを多く目にしていた。

「相変わらず綺麗な黒髪してんな。まだやってんの？」

「もちろん。」

「さっすが東っち、ぶれないねぇ。わざわざ黒髪に染めてるとかやっぱ変わってるわ。」

「だって地毛が茶色いんだもん。」

自分の髪は昔から色素が薄く、それがコンプレックスだった。私の憧れのアイドルは常に綺麗な黒髪を保っている。この前下がりボブも、彼女からのインスパイアだ。

「んで用は？」

「亀井美嘉って子覚えてる？　小学校の時同学年にいた。」

「あぁ、いたね。うち何回か一緒のクラスになったわ。」

「静かで素朴な感じの子だったよね。」

「うん。地味キャラ。でもなんか、いけ好かねぇ印象で止まってるわ。確か学年で一人だけ中学受験したじゃん。」

「そうだったんだ。」

「あそっか。東っちは知らないよなぁ……」

彼女は短い髪をした頭をポリポリと掻き、器用に片眉だけ上げて見せた。中学受験……私はその頃の城州を知らない。

「で、亀井美嘉がどうかしたん？」

「急に思い出して、なんか気になっちゃって。」

「なんじゃそれ。」

ミッツーは再び大きな口をあけてニカっと笑う。化粧もカラコンもしていない彼女は、見た目も中身も飾らないのが魅力だった。焼けた肌に白い歯が映えて、清潔感を醸（かも）し出している。昔からさまぁ～ずの三村似だなと思っていることは内緒だ。

「今書いてるそれは、提出物？」

「そうそう。これ今日中に出せば追試免除になるらしいから。部活前に終わらせないといけないんだ。まじだりーよ。」

運動部は多忙な学校生活を送っている。授業中は睡眠に時間をあて、朝と放課後の練習に全力を注ぐ柔道部。顧問に怒られないように授業態度、成績、すべてにおいていい子ちゃんでいる野球部。大学にスポーツ推薦で入れるほどの実力がつく環境ならまだしも、うちの学校はどの部も輝かしい結果を残すほど強くはない。それなのに、どうしてそんなにも熱心に取り組めるのであろう。大学生になり、卒業して働くなかで、そのスポーツを続ける人はどれだけいるのだろうか。理解に苦しむ自分がいた。

「そっか、邪魔しちゃってごめん。ありがと。頑張って。」

「おう、東っちもな。また英語教えてよ。」

＊ 2 ＊

放課後になるとアッコ集団の一人が「東さん、今日はどこへ行くの？」とわざわざ聞きに来た。雨が降っているからそのまま家に帰る、などと本当のことを話す義理もないので「お婆ちゃんのお見舞い」と首を突っ込みづらい返答をする。実際の祖母は活力に溢れていて、今頃はきっと夕方の再放送ドラマを見ているだろう。

帰宅するなり自分の部屋へ籠ると再び亀井美嘉について考えた。先日書店で見かけた彼女の姿は、やはり昔のものとは合致してくれそうにない。しかし本人ではない別の人物がなりすましているとは考えづらかった。成長によって綺麗になるにも限度があるだろう。

アイプチ、メザイク、アイテープと呼ばれる、二重まぶたを人工的に作るコスメがある。アイプチはまぶたとまぶたを貼り付ける糊で、メザイク、アイテープは粘着性のある糸のような物をまぶたに押し当てることで二重線を形成できる道具だ。不自然な仕上がりのアイプチに比べ、メザイクとアイテープはツッパリ感がなく馴染みやすいが、双方とも水や汗で剥がれやすいというデメリットがあった。水泳の後、みすぼらしい姿になった同級生を何人見かけたことか。

一方、二重まぶたの整形手術は年々手が出しやすくなってきているという。とくに埋没法は価格面や外傷の少なさから人気で、もう一つの切開法に比べて失敗のリスクも少ない。メスを使わない〝プチ整形〟と謳うことで、より手軽なイメージを作っているようだ。しかし、整形はあくまでも医師による手術であって、全く外傷がないということにはならない。3ヶ月も経てば二重のラインが馴染んでくるだろうが、術後1、2ヶ月は線が異様に深く刻まれることになる。下を向いている時がとくに解りやすく、小指の爪を食い込ませたような窪みが数箇所あればイジった証拠だ。

ここまで詳しく話しているが、私はというと生まれながらに恵まれた目元を授(さずか)っている。美容外科のHPやブログ、インスタグラムを頻繁に見ているだけだ。そんな雑学を長々と書き記して何が言いたいのかというと——美嘉の顔は完全に作られたものだということだ。

ミッツーに話を聞きに行ったのはあくまでも〝確認〟であって、本当のところは彼女を正面から見た時、すでにイミテーションを感知していた。鼻はシリコンプロテーゼ、おそらくL型のものを使用し、まぶたは埋没させている。目頭も切開済みだ。

容姿の変化を受け入れた上で亀井美嘉について考える。彼女との思い出を遡(さかのぼ)ろうと記憶を辿った。小学1年生から3年生のどこかで同じクラスになったのは確かだ。しかしどの担任の時かまでは思い出せない。隣の席になったことはあったのだろうか、彼女にあだ名はあっただろうか……考えを巡らせていくと、美嘉との記憶どころか小学校の思い出さえも想起困難なことに気づいてしまった。毎年行われていたはずの遠足も行き先は曖昧で、運動会は紅白どちらの組だったのか、結果勝ったのか負けたのか、全くもって覚えていない。低学年時の自分は、まだ自我すらもろくに目覚めておらず、ただただ学校という組織に所属していたに過ぎなかった。もしかしたら宿題が面倒だとか、日直が不安とか、小学生なりの悩みは多少抱えていたのかもしれないが。そう思うと高校生である今の私にとっての苦悩も、10年後にはちっぽけなものと扱われてしまう気がして遣る瀬(やせ)ない。

「また今度ゆっくりご飯でも行こう。」

それは女子が頻繁に使う社交辞令だった。本屋で美嘉は私にそう言い、LINEのIDを聞いてきた。特に断る理由はなかったので教えるも、今に至るまで一度も連絡は来ていない。

悩ましいのは彼女が北高というところだ。たしかに、当初の計画において、北の有力候補は〝城州北高校〟の生徒であった。まさに、亀井美嘉の通う学校だ。だが、ここで簡単に美嘉を北の代表とみなしてしまっていいのだろうか。

正直、くるみのロボコンに時間を費やしたことによって、東西南の三位一体に落ち着いてしまっている。ここにもう一人を加えることは難しい状況にあった。

机に突っ伏して思考を巡らしていると、携帯のバイブが鳴る。美嘉からの連絡ならばタイミングが良すぎる。

(今日、亀井ちゃんとお茶したよー。駅でばったり会って。)

送信者はくるみだった。美嘉が——くるみと?

(明日パンケーキ食べに行こーってなったんだけど、東ちゃんもどう?)


「へぇ、東ちゃんもロボットとか興味あったんですか。」

「うん。近くに同じような趣味の子いないからって、わざわざ西テクノまで来たみたいー。そこからロボコンの練習とかも付き合ってくれてー。仲良くなった。」

「…羨ましい。」

「変な出会いだよねー。初対面なのに自己紹介しますとか言って英語ペラペラしゃべり出してさ。」

「東ちゃん、カナダに住んでたから。」

「そうそう! たまにカナダの思い出喋ってるよ。庭師が優秀だから街が綺麗だーとか、ハンバーガーが美味しかったーとか。」

「お詳しいんですね。」

「もう半年以上一緒にいるからね。亀井ちゃんは、小学校の同級生だっけ？」

「はい。低学年の時なので東ちゃんは覚えていないと思いますが…」

「絶対覚えてるよー。東ちゃん、くるみがさりげなく言った一言とか、気持ち悪いくらい覚えてるし。あ、そろそろ電車の時間だ。亀井ちゃんはどっち方面？」

「上りです。」

「くるみと逆だ。じゃあここで。声かけてくれてありがとー。」

「あ、あの。明日って暇ですか？」

「明日？」

「はい。最近美味しいパンケーキ屋さんができたんです。よかったら一緒に行きたいなって。」

「くるみパンケーキ大好きー。」

「とっても美味しいらしいんですよ。あ、そうだ。よかったら東ちゃんにも声かけてみてください。」

東京と違って長蛇の列をつくりはしない。北駅から徒歩15分程にあるこの店は、もしかすると全国チェーンかもしれないが、恐ろしく味がよかった。クリームが山のように積まれている訳でも、リコッタチーズが使われている訳でもないが、シンプルにバターとメープルシロップの香りが口に広がる。にもかかわらずこんなにも店内が空いているのは立地の問題で、この店が原宿に店舗を構えようものなら確実に3時間待ちの人気店になるに違いない。

「東ちゃん、甘いもの好きだよねぇ。」

くるみは笑いながらそう言って、トッピングの苺を頬張った。

「くるみちゃんも好きでしょ。」

数週間ぶりに舌の上に乗ったこいつは、やはり旨い。朝から甘味を控えてきた甲斐があった。一口目を咀嚼していると、欲していた糖分がじんわりと身体中に行き渡り、熱をもたらす。その感覚は、降雪の日に露天風呂に浸かる瞬間と似ていた。くるみと美嘉と3人で来たことが華鳥にバレたら怒られそうだが、後でくるみと口裏を合わせればいい。

「くるみさんも東ちゃんも、急に誘っちゃってごめんなさい。実は訳があって…」

パンケーキは美嘉が誘ったのか。てっきりくるみからだと思っていた私は自分の見方を修正する。

「相談っていうか、お願いっていうか……」

この切り口は嫌な予感がした。いくら昔からの知り合いだろうが、ものによってはきっぱりと断らなければならない。お金の相談や宗教絡みの場合はすぐさま関係を断ち切ろう。

「2人はボランティア活動とか興味ないですか？」

「へ？　ボランティア？」

「中学生に、勉強教えて欲しくて。東ちゃんは、ほら、英語だけでいいから。」

「……」

それに関してはおそらく可能だが、すぐにCANと答えられない自分がいる。そもそも東高より偏差値が15ほども高い高校に通う美嘉の学力レベルなら、中学英語くらい容易く教えられそうだが。

「勉強を教えるのがボランティア活動の一環ってこと？」

「そう。事情があって学校に通えなかったり、経済面とか家庭環境が整っていなくて塾に通えない子供たちに勉強を教える団体があって。」

「へぇ。」

「合宿とかキャンプとかのイベントもあって楽しいし、何より子供たちが可愛くて、っていってもあんまり年は変わらないんだけど。」

急に生き生きと話し出す彼女を見て、不思議な感情に襲われた。目の前の彼女と、ボランティアを行っているという事実が、何らかの化学変化を起こしている。休みの日にはカラオケやボウリングに男を交えて訪れていそうな、ぱっと見派手な外見をした女子高生が、善行に時間を費やしている。現実の生活を楽しんでいそうな女子というのは、アニメなどの非現実を求めている一定の層からは拒まれがちだ。しかしそこに少しの意外性が加わることによって〝萌え〟が完成する場合がある。休みの日にボランティア活動をしている派手な顔立ちのキャラなんてギャルゲーには出てこなそうだが、もし仮にいようものならプレイヤーは「俺にもタダで奉仕してくれー！」と叶わぬ願いを叫ぶかもしれない。

最後の一人にふさわしい人物が、目の前にいる。北の美少女は、自ら私に近づいてきたのだ。

「うまくできるか分かんないけど、やってみるよ。」

「本当？　ありがとう。」

美嘉が私の手をぐいっと引っ張る。このボランティアを利用して北との距離も自然と縮められそうだ。

「くるみは英語苦手だから、東ちゃん頑張ってねー。」

＊　4　＊

「お姉さんできたよ。見て。」

「どれどれ？　あー惜しいね、綴りが違うよ。ローマ字にしたくなるのはわかるけど。」

こちらが間違いを指摘すると、目の前のおチビはすぐに消しゴムを握った。彼が書き直している welukamu の文字を眺めていると、私の意識は過去へ遡ろうとする。

日本との時差が17時間程の遠く離れた地に、ビクトリアというカナダの州都がある。小学4年生から中学2年生の途中までの約5年間、私たち家族はこの地で月日を過ごした。

美しい街であった。母が父の単身赴任に反対したのは自分も行きたかったからだと今となっては察しがつく。市街地の至る所に置かれた雅やかな花々はどれも庭師によって手入れされ、道路には車と並んで馬車が走っていた。建築物はどれも壮大で、夜には舞踏会が行われていそうな洒落た英式の造りである。オリエンタルランドが創るテーマパークのような街は、現実にもちゃんと存在するのだ——小4の私はカナダに感服した。

インナー・ハーバーを囲むダウンタウンは、活気に溢れていながらもどこか穏やかで気高さの残る、ビクトリア随一の美しいエリアであった。海沿いの遊歩道にはいくつもの路面店が構えている。特にその存在を主張していたのは、レモンそっくりの形をしたジューススタンドだった。そのリアルさは、上空を飛び回る飛行機のパイロットがコンクリート上に特大のレモンが置かれていると勘違いしてしまいそうなほどだった。外観の可愛さに惹かれたであろう客たちが店前に列をつくっている。幼き私も母の袖を引っ張り立ち寄るように懇願すると、母はすんなり了承した。この日は初めてビクトリアを訪れた特別な日だったのだ。私たちは列に加わり、待ち時間を期待感で埋める。ついに自分の前の客が注文を始めたその時だった。母は遊び心たっぷりの笑顔で私の耳に拷問のような言葉を吹き込んだのである。

「自分で頼んでみなさい。」

私は懸命に首を横に振ったが、状況が変わることはなかった。

「くださいは何ていうかくらい知っているでしょう？　ほら頑張って。」

母は私が後ずさりできないように強い力で背中を押してきた。白髭の年老いた店員は、小さな私に気付くと目線を合わせるためにカウンターから身を乗り出してくる。

「レモネード、プリーズ。」

「Sorry.」

老人の遠い耳には届かなかったようだ。母に助けを求めようと振り返ると、自分たちの後ろに続く長蛇の列が視界に入ってきた。時間をかけてはならないのだ、幼き私は拳に力を込める。

「レモネエド、プリイズ。」

今度は聞き取りやすいように声を張り、今は亡き曾祖父との対話のように一文字一文字はっきり、ゆっくりと伝えることを意識したはずだった。

「Sorry.」

店員は露骨に嫌な顔をした。そっけなく手を振り、ジェスチャーだけで「そこをどけ」が伝達される。私と母は亡き者として列を外れるよう促され、店員は私たちの次に並んでいた客のオーダーを取り始めた。

イングリッシュとジャングリッシュの違いがわからなかった私は、この時筆舌に尽くしがたい精神的苦痛を被った。若者言葉で言う「病む」というやつだ。謝りながら私の手を引く母の声が遠くに聞こえ、近くにあったベンチに座った途端に私は涙が止まらなくなった。

――とんでもない屈辱だ。外来語をカタカナで表記するのは構わないが、その際適切な変換をしてもらいたかったものだ。そのせいで幼き私は辱め(はずかし)を受けたのだ。あの経験はトラウマとなって、それ以来英単語を見ると度々私の元へ降ってくる。バナナはブナーナ、ウォーターはワラー、チョコレートはチョックリットという、そのまま読めば英語として成立する表記にしてくれたらあんな思いはせずに済んだのに。いま私の目の前で鉛筆を鼻と口の間に挟んでいるこのおチビにも、自分と同じ目に遭わぬよう時期を見計らって教えなくてはならない。

「そろそろ、終わりの時間よ。」

ドアが開いてこの家の主、馬場さんが部屋へ入ってきた。おチビは速攻で教材を閉じると、シャーペンを筆箱の中へ投げ入れる。

「疲れたー。」

そう叫んで伸びをしている中1男子だが、疲れるほど脳は働いていないだろう。なぜなら今日使っていたテキストは小学校レベルの難易度だ。

「お疲れさま。よく頑張ったわね。」

そう言って馬場さんはおチビの頭を軽く撫でた。ボランティア団体のトップはイメージ通り、飴と鞭の食べられる方しか装備していない。

馬場さんがおチビを外まで見送りに行くというので、私はこの馴染みのない部屋に放置される。黄ばんだエアコンは27℃に設定されていて、ヒートテックを制服の下に着込んでいる私には少々暑い。窓もない4畳程の密室には二酸化炭素が充満していて、ここで深呼吸をしようものなら肺に害が及びそうだ。自分の正面に置かれた空気清浄機を睨みつける。いくら花粉やPM2・5を撃退してくれようが、冬場の室内特有のもわついた空気を透き通らせることは不可能である。

5分も経たないうちに馬場さんは戻ってきた。手と手をこすり合わせながら帰ってきた彼女を見る限り、外は寒そうだ。

「おまたせねー。」

「いえ、全然。」

「お茶入れるから、こっちで待ってて。」

ようやく粗末な勉強部屋から解放されると、今度は広いリビングへと通された。ここは共同スペースとして機能しているのだろうか。10人以上は座れそうなL字型ソファがドカンと置かれていた。

机と椅子がただ並べられているだけの先ほどの密室とは違って、ここはインテリアへの拘り（こだわ）が感じられる。部屋の隅には観葉植物が置かれ、ほんのりとアロマの香りもする。そして立派な棚が壁際に4つ。大量の本が並べられていた。

「ここでなら読書できる気がする…」

ティーポットを盆に載せて、馬場さんは私の向かいに座った。

「東ちゃんも本が好き？」

どうやら独り言が聞こえていたようだ。

「あ、いえ…お恥ずかしながらあまり読んだことがありません。」

「そう。てっきり好きなのかと思ったわ。」

香りの良いダージリンがカップに注がれる。

「美嘉ちゃんから誘われたのよね。来てくれてありがとう。」

「いえ。楽しかったです、すごく。」

「それはよかった。紅茶でも飲んでゆっくりして。」

「いただきます。」

鼻に抜ける上質な茶葉の香りが、再びビクトリアを思い出させた。もともとイギリス領だったビクトリアにはアフタヌーンティーの習慣が根強く残っていたのだ。

「あの、馬場さんは…養護学校の教員だったとお聞きしました。」

「そうそう、もう辞めてからしばらく経つけど、昔ちょっとね。」

「どうして今はこの活動をしているのですか？」

「………」

「あ、なんかごめんなさい。言いにくかったらぜんぜ…」

「…ふふ。っはははは」

突然、馬場さんはクリームパンのような手で口を覆い笑い出す。

「どうして笑うんですか？　何か変なことでも言いました？」

「ううん、違うの。ごめんね。ただ……」

勝手に笑い、勝手に落ち着くと、馬場さんは崩れた姿勢を元に戻した。

「東ちゃんは、大人っぽいなって。取調べみたいな口調でその、おもしろかったの。」

首を傾げたままの私に、馬場さんは「思っていた通り、素敵な子ね」とつぶやく。

私は誰かと間違えられているのではないだろうか。

「あの…失礼ですがさっきの男の子、学校の授業にはついていけてるのでしょうか。」

「彼は、ずっと特別支援学級にいた子でね。」

「障がいがあるようには見えませんでしたけど。」

「ウィリアムズ症候群はね、お話がとっても上手なの。彼の場合は軽度だから見た目も殆(ほとん)ど健常者と変わらない。お母様は中学を養護学校ではなく公立に行かせると決断して、高校入試も受けさせたいとおっしゃっているわ。今はできる限りうちでサポートさせてもらっているってわけ。」

「……もう少し優しく教えてあげればよかった。」

「普通に接してあげたほうがいい場合もあるわ。その証拠に彼、すごく楽しかったって言ってたわよ、さっき外まで送った時。」

「本当ですか？」

思い返してみても特に楽しませるようなことはしていない。これは本当におチビが言っていた言葉なのか、それとも馬場さんが私を喜ばせようとついた嘘なのか…疑うのは止めたいと思った。つい頬がゆるんでしまった私を確認すると、馬場さんも同じ表情をする。

「あの、お手洗い借りてもよろしいですか？」

「どうぞ。その扉を出て左にあるわよ。」

紅茶の利尿作用によって、弾んでいた話を遮ってしまうことになったが、これはばっかりは致し方ない。

トイレに入ろうとすると、ドアに貼ってある掲示物が気になった。まずは用を足し、手を洗い、出て再びドアの前に立つ。団体全体に配られる会報だろうか。見出しには〝夏のキャンプ合宿〟とあり、大きな写真の下に活動記録が記されていた。

およそ20名が写る河原で撮られた一枚には亀井美嘉の姿もあった。引きの画でも、彼女が飛び抜けて可愛いことは伝わってくる。しかし、写真で見ても鼻の高さだけはやはり不自然であった。会報の右下に書かれたURLを暗記したところで、私は馬場さんの元へ戻る。

「おかえり。」

「あの、トイレのドアに貼ってあった…」

「あ！　気になった？　そうだ、東ちゃんも是非参加して。予定が合えば！」

食い気味で誘ってくる馬場さんの迫力は感じたが、自宅警備員ではない限り貴重な休日を捧げるのは勇気のいる決断だ。

「ちょうど来月に春の登山があるの。」

「あの、参加する場合って友達誘ってもいいですか？」

「友達？」

「一人じゃ不安で。」

「そう……大丈夫よ。また詳しいことは追々話すわ。今日は遅くなっちゃったわね。お迎えは大丈夫？」

「あ、電車で帰るので平気です。」

「気をつけてね。さっき外へ出たら雨が降っていたから。」

傘を持っていなかった私はババハウスにあったビニール傘をお借りした。

「次来る時に必ずお返しします。」

「いいのよ、いっぱいあるから。これからよろしくね、東ちゃん。美嘉ちゃんのことも。」

第五章　同じ星　～車イスの少女～

＊　1　＊

睡眠不足だろうか、5限は丸々寝てしまった。午後の授業はただでさえ睡魔が襲ってくるというのに、音楽の先生は一本の映画を見せてきた。名作『ラ・ラ・ランド』。洋画のサウンドが心地よく入眠を促してくれたおかげでレム睡眠を味わい、おかげで頭はすっきりだ。内容はもちろん入ってこなかったが、起きていた子に聞いてもわからないと言っていたため、罪悪感はない。6限の英語では期末テストの結果が返ってきた。点数を見て安心する。間違いが一つも見当たらないのだから、中学生に英語を教えていても恥ずかしくないだろう。

今日はシンジに充てる日だ。先日の喫茶店へ向かうと、彼の姿はまだない。私は奥のテーブル席に着き〝アポージュース〟を頼む。シンジが来るまでは携帯が相手をしてくれた。ババハウスで記憶したポスターのURLへ飛ぶと、〝にこきっず〟という帯のブログが出現する。

〝にこきっず〟は馬場さん率いるボランティア団体の名だ。昨晩もこのサイトへ訪問したものの、過去記事を最後までスクロールする前に睡魔に襲われてしまった。

内容としてはどれもババハウスのトイレに貼ってあった会報と同じだった。最新の記事は先月行われた蕎麦(そば)づくり体験の活動記録で、社会人ボランティアの女性とダウン症の男の子がそば粉をこねている写真がアップされていた。イベントの最後には必ず〝にこきっず〟で集合写真を撮っている。もちろんそこには亀井美嘉の姿もあった。

――カラン。

喫茶店のドアに吊るされた鐘が音を立てる。

「おまたせ。」

「うん、待った。」

「ごめんごめん。あ、ホットコーヒー一つ。」

カウンターに注文を告げると、シンジは私の正面に腰を下ろした。

「ねぇ、シンジくん。イギリスでコーヒーを頼むとしたら何て言う?」

「急だな。まぁ普通にコフィープリーズでしょう。」

「コーヒーって言わないよね?」

「そりゃカタカナ英語で言っても通じないだろうから。」

「じゃあ日本でもコーヒーって呼び名をなくしてコフィーにすればいいって思わない? そうすればそのまま発音しても通じるよ。」

「なんだそれ。」

シンジはやれやれといった表情でアウターを脱いだ。ラクダ色のチェスターコートは椅子の背もたれに掛けると床までついてしまうだろう。彼はそうすることなく丈の長い上着を綺麗に畳み、自分の隣の空いた椅子に置いた。〝落ち着いた出来る男〟をアピールしてくるシンジに、不快になる。

「カタカナもさ、日本語なんだよ。林檎とアップル、どちらも日本語だって割り切る。英国圏に行ったときは、アポーと英語で言えばいい。」

「…つまんない返し。」

「考えたところで今更言葉を変えるなんて無理な話だろう。」

涼しい顔で腕を組む彼にコーヒーが運ばれてくる。「ではではコフィー、いただきます」とシンジは私の顔面に向けて乾杯した。彼は一口飲むと馬鹿にした笑みを浮かべ、今度は小指を立ててカップを持ち、こちらを煽る。「コフィーはやっぱりうまいな、コフィー」と言い始めたので、私は中指を立ててスラングを発した。やはり我々は死ぬまで和製英語にしがみつくしかないのか。

「そういえば、くるみちゃんの写真、ある程度は拡散したけど限度があったね。」

「いつの話してんのよ。もう私は別の動きに出てるけど。」

「それはひどいよ。この前共謀者だって言ってくれたじゃないか。」

シンジは幼稚に口を尖らせた。可愛さのかけらもない男子がやるのはマイナスポイントだ。

「本屋で小学校以来の知り合いに会ってね。その子の紹介でボランティア始めた。」

「ボランティア？」

「やっぱ驚くよね。」

私は〃にこきっず〃のブログをシンジに見せる。

「これがそのボランティア団体。で、ここに写ってる子が私の知り合い。」

美嘉の画像を拡大し指をさすと、シンジはあからさまにニタニタし始めた。美嘉の顔は、やはり誰が見ても美しいようだ。

「この子を最後の一人にした。」

「じゃあ東西南北揃ったってこと？」

「うん。今はこの〝にこきっず〟のブログに全員載ることを計画中。」

「じゃあ僕はその写真を撮ればいいの？」

「いや。〝にこきっず〟には専属のカメラマンがいるらしいからさ、拡散を手伝ってよ。」

「えー。僕の方がみんなを可愛く撮れる自信があるのに。」

「今回は可愛く撮らなくていいんだよ。ボランティアやってるっていう証拠が必要なだけなの。そういう活動してるとさ、なんかいい人っぽいじゃん。」

「なんか棘のある言い方だね。」

「アイドルになったら、過去はすぐに暴かれる。さあ問題、その時に男との写真が見つかるのと、ボランティア活動に身を捧げている写真が出てくるの、どっちが好感度高いでしょう？」

「恐ろしいクイズだな。」

すぐに私の思惑を理解してくれた彼は、再びニタニタ顔でそう呟く。彼の顔面を観察していたら、眼鏡が新調されていることに気づいてしまった。銀縁オーバルから黒縁ウェリントンへの進化に関して、特に触れはしない。

「アイドルになる為の計画じゃなくて、なってからの事までちゃんと考えているってこと？」

「うん。自信過剰な奴です。」

「嫌いじゃないよ。ボランティアって、具体的にどんなことしてるの？」

「中学生に英語を教えてる。」

「へぇ、英語得意なんだ？」

「父の仕事の関係で5年間カナダにいまして。」

「え！　その情報知らないよ。」

そういえばシンジとは何度か2人で会っているが、お互いの過去については殆ど話していない。

「私たちってさ、未来のことばっかり話してるよね。」

「だからか。東さんの正体がいまいち掴めないのは。」

「それは私が簡単な女じゃないからだけど。」

意図的に過去の話を避けている訳ではなかった。ただ今まで聞かれることも聞くこともなかった、それだけだ。私は彼について勝手に知った気になっていたが、その殆どは「きっとこうだろうな」という憶測であり、実際彼の口からはテカポ湖に行ったことくらいしか聞かされていないことに気づく。

「前から聞きたかったんだけどさ。」

「うん。」

「東さんはどうしてそこまでしてアイドルになりたいんだい？」

「初めてアイドルを見た時思ったの。人間って光るんだって。」

「……」

あの時の感動は今も忘れられない。カナダにいたころ、親戚が日本のテレビ番組を録画したテープを沢山送ってきた。その中に、あの人たちの歌う姿が映っていたのだ――。

「それ以来ずっと自分も光る方法を探してた。周りには隠して、嘘ついて。でも自分みたいな人、いっぱいいると思うんだよね。みんな口に出せない夢や願望を持っていて、それについて毎日考えたり、努力してみたり。勉強してないって言ってたのに100点取る人と一緒でさ。」

「そういう奴ほど目の下、黒くなってたりする。」

「でもそういう奴ってかっこいい。」

喫茶店には今日もお客は2人だけだ。いまにも潰れそうなこの店いっぱいに、笑い声を響かせる。一瞬の沈黙が訪れると、自分の発言が急に大言壮語に思えてきたが、もう遅いだろう。本心を他人にさらけ出すことは赤裸裸(せきらら)という文字通り、恥ずかしいことだった。

「光るものって、なんであんなに魅力的なんだろう。」

「さすが星好きのシンジくん。よくわかってますね。」

頼もしい味方。これから先もどんどんうまくいく気がする。この時の私はそう過信していたのだと思う。春の訪れは私にとって朗報ではなかったというのに。

＊2＊

春休みを有意義に過ごす術を明け方まで考え、結局答えが出ないまま眠りについていた。意識が途絶える前の記憶とすり合わせると、13時間もベッドに身体を預けていたことになる。連休を尊く思いすぎた結果がこの様だ。ぼんやりとした意識のまま机に置かれた卓上カレンダーを眺めていると、8日後にやってくる喪失感が早くも襲いかかってきた。

こんな甘ったれた生活習慣が許されるのも、この短い猶予(ゆうよ)の間だけか。今日から春休みが始まる。パジャマ姿で連休初日を終えようとしている自分は負け組予備軍だった。

のそりと立ち上がり、机下の引き出しからシラバスを入学式ぶりに引っ張り出した。新学期が始まるまえに、自分は何をしておけば良いのだろう。まずはぼんやりと浮かんでいる高2予想図を明確にしていこうと思った。

年間行事予定が書かれたページに目を通すと、来年度の自分には計207日の登校が課せられていることを知る。競歩大会の文字はなかったが、代わりに山林作業というかにも泥臭そうな行事名が記されていた。文化祭、体育祭、そして修学旅行。それぞれの時期を確認し1年間の流れに見通しがついた。自分には……どれも価値を見出せそうにない。

――ブーブー
ベッドからバイブの音が聞こえてくる。今日も机に向かっている時だ。最近携帯が鳴るのは決まってこの椅子に座っている時で、もはや己のジンクスと化していた。

(東さん、明日はどういった装いで?)

送信者は華鳥だった。返事をしようにも明日の服はまだ決めていない。

馬場さん率いるボランティア団体のイベントは明日にせまっていた。数十名の参加者と一緒に車イスの方を支えながら山登りをする、〝にこきっず〟では春の恒例行事らしい。ババハウスで配布された登山のしおりを写メで撮り、華鳥とくるみに送信した。時計を見ると短針は6を指している。明日の起床時間は早い。ぼちぼち準備に取り掛かるとしよう。

＊　3　＊

集合時間の15分前に山麓付近の駅に到着する。ユニクロのウィンドブレーカーは丁度良い温度感を保ってくれていた。途中暑くなるようだったら中のシャツを脱げばよい。

改札を抜けると目の前は広場になっていて、既に人で埋め尽くされていた。皆〝にこきっず〟の人間なのだろうか。券売機の隣に立ち、〝南〟と〝西〟が到着するのを待つことにする。2人とも指定した時間ギリギリに着く事が多い。案の定、くるみは今日も時間ちょうどに姿を現した。

会ってすぐ目に飛び込んできたのは、肩からはみ出た羽のようなものだった。

「おはよ。可愛いの背負ってるね。」

これ？　と振り返るくるみの動きに合わせて白い2つの物体が跳ねる。背中側から見るとウサギの顔をしたリュックだった。顔部分はものを入れる役割を担っているが、大きな耳は実用性を備えていない。もこもことした生地は水に弱くすぐに汚れてしまいそうで、白のホーランドロップは帰るころにはブロークンになっていそうだ。適していないのはリュックだけではない。服装に関しても機能性を無視していた。上は薄ピンクのメンズライクパーカー、下はネイビーのぴったりとしたジーンズというものの格好で彼女は山に挑む。デニムにはストレッチが利いておらず動きにくそうだったが、スカートを穿いていないだけマシか。

「ネットで一目惚れして買ったんだ。大きいからパソコンも入るんだよー。」

「へぇ、意外と実用的なんだ。」

「南さんはまだ着いてない？」

「うん。もうそろそろオリエンテーション始まっちゃうんだけど。」

「相変わらずマイペースなお嬢さまだね。あ、亀井ちゃんみーっけ。」

「東ちゃんお待たせ。」

くるみが指した先には亀井美嘉の姿があった。高い鼻が目印と言わんばかりに光っている。

「お待たせしたわ。」

華鳥が到着したのは予定より15分が過ぎたころだった。息を切らすことなく堂々と登場した彼女に、私もくるみも口を尖らせた。

「もー南さん。やっと来たと思ったら何その格好。」

ザ・ノース・フェイスのハードシェルに半ズボン、派手なタイツにモンベルのトレッキングシューズまで装備した華鳥は、到着するなり山への情熱をむき出しにしている。

「何って、登山ウェアじゃない。くるみさん、まさかその格好で登るつもりじゃないわよね？」

「これが一番動きやすい服だもん。」

「だったら学校で着ているツナギで来ればよかったじゃない。山を甘く見てるわ。」

しかし確か華鳥は山に登ったことがないと言っていた。この日のために一式買い揃えたのだろうか。

「そんなに気合い入れてるのに、髪型は通常どおりでいいの？」

「ええもちろん。目にかからないですし、むしろ一番適しているわ。」

「山ガールファッションとはミスマッチだけどね。」

「あえて外すことがハイセンスなのよ。」

「南さん、くるみちゃん。」

広場の中心に、見慣れた丸い女性がいる。馬場さんは黄色い小さな旗を振り回していた。

「挨拶したい人がいるから付いてきて。」

ババハウスの存在や英語ボランティアについては、彼女らに伝達済みだ。

「馬場さん。」

「あら、東ちゃんおはよう。」

「おはようございます。」

「おはようございます。」

「ごきげんよう。」

背後に隠れていた2人も顔を出し挨拶をした。

「こちらの方が、いつもお世話になっている馬場さん。」

「よろしくお願いします。西テクノ高専2年の大河くるみです。」

「聖南テネリタス女学院2年の華鳥蘭子ですわ。本日はとても楽しみにしておりました。」

春休みに自己紹介する際、学年の表し方に困る。くるみも華鳥も新学期からは3年生だが、春休みまではぎりぎり2年生と判断したのだろう。

「馬場です。こちらこそ、いつも東ちゃんにはお世話になっているわ。大河さんに華鳥さんね。よろしく。」

「よろしくお願いします。」

「東ちゃんだけ……ちょっといいかしら。」

「え？　あ、はい。」

西南の2人には待機していてもらい、私は馬場さんに連れられその場を離れた。誰か紹介したい人でもいるのだろうか。しかし、私の予想と反して彼女は広場の端の人気がないところへと進む。大きな木の下で立ち止まると、こちらをくるりと振り返った。

「東ちゃん、今日2人も連れてくるなんて聞いてないわよ。」

その丸い顔に笑みは一切浮かんでいない。

「あ、えっと…」

咄嗟に記憶を遡る。事前に友だちも一緒に連れて行っていいかという質問はしていたかもしれない。いるし、それに対して彼女はイエスと言った。確かに〝2人〟ということは告げていなかったかもしれない。しかし一人増えたくらいで不都合なことなどないだろう。むしろボランティアには人手があった方が助かるのではないか。

「ちゃんと言ってくれないと。人数分しか用意してないものもあるわ。」

「…ごめんなさい。」

「あと、グループは別になってしまうけど大丈夫？」

「え？」

「今日東ちゃんは美嘉ちゃんと同じ班にしてあるわ。もう一人だったらそこに入れてもいいかなって思っていたんだけど、2人になっちゃうとちょっと…」

「どうして全員一緒だとだめなんですか？」

「東ちゃん、今日はどういうイベントか知っているでしょう。」

「はい。みんなで登山を…」

「そう、今日はね、車イス1台につき5人がサポートとしてついて、みんなで力を合わせて登るの。そのうち4人が女の人じゃ不安だわ。絶対に無理なことじゃないのかもしれない。でも乗っている方の気持ちを考えてみて。〝にこきっず〟の子供たち、そして歩くことが困難な特別支援学校の生徒さんとその親御さん。沢山の人が一年に一度の今日という日を楽しみにしている。」

「……」

「せっかく来てくれたのに説教じみたことを言ってしまってごめんなさいね。来てくれて感謝しているわ。わからないことがあったら何でも聞いてちょうだい。」

馬場さんは私への忠告を言い終えると、忙しげに広場の群れへと戻っていった。その後ろ姿が見えなくなってから、私も先ほどの場所へと足を進める。

「東ちゃんおかえりー。」

「何だか顔色良くないわよ。」

「あっ全然大丈夫。なんか事前説明みたいな感じ。」

何も知らない華鳥とくるみに対し、必死に口角を上げるも顔が突っ張りうまく笑えない。今、苦言されたことをいずれこの2人にも言わなければならないと思うと気が重かった。いっそ今からでも仮病を使って帰れないものか。

――〝にこきっず〟の皆さん、おはようございます。今からオリエンテーションを始めますので、私が見える位置にしゃがんでください。

左手で旗を掲げ、右手でメガホンを口に当てた馬場団長を皆が囲む。彼女は突き出た腹いっぱいに空気を吸いこみ、この場を仕切り始めた。

「皆さんがこれから登るのは片道約2時間ほどの1号路というコースです。今日、集まっていただいた参加者は90名いらっしゃいます。」

去年の〝にこきっず〟の活動記録には確か、参加者は50名と書いてあった。大幅に規模が拡大されている。

「みんなで力を合わせて楽しく登りましょう。ただし、無理はしないでくださいね。何か異変を感じたらすぐに近くにいるスタッフに声をかけてください。こちらにいる方々が本日皆さんのサポートをする特別支援学校の先生方です。」

紹介された教師たちが端から一人ずつ挨拶をしていく。その後、社会人ボランティア、青年ボランティアの代表者が一言ずつ意気込みを述べ、再び馬場さんが引き取った。

「ここから先は班ごとの行動になりまーす。既に振り分けてあるので、呼ばれた方はこちらへ。中学生以下のボランティアのみんなは私と一緒に最後に登るので、少し待っててね。じゃあ1班の人ー。藤原啓治さん、横田博道くん、三島楓ちゃん――」

1のプレートを持っているのは10歳くらいの男の子だった。名前を呼ばれた人たちがその子の車イスを囲んでいく。

「ねぇ東ちゃん、なんか私不安になってきちゃった。」

くるみが後ろから私の服の裾を引っ張った。振り向いて顔を覗くと眉間に皺が寄っている。

「くるみちゃん…」

「頂上まで登りきれるかなぁ。」

「大丈夫だよ。大人もいっぱいいるし。不安なのはみんな一緒だよ。」

実は私自身も、今日が初めてのトレッキングだった。こんな過酷なことに好んで挑戦する意味がわからない。ボランティアでなかったら山登りなんてしないし、夢のためでなかったらボランティアだってしない。自らの意思で決めているだけマシか。華鳥とくるみはどういう心持ちでここにいるのだろうか。

「辛くなったらわたくしに言いなさい。」

黙して我々のやりとりを聞いていた華鳥は、意気揚々と酸素缶を見せつけてきた。標高600メートルほどの山で一体誰が高山病になるというんだろう。ぱんぱんに膨れ上がったモンベルのバックパックには他にも無駄登山グッズが詰めこまれていそうだ。

「ところで東さん、私たちって何班なのかしら？」

「えっと…実は2人と私は……」

「あーずまちゃーん！」

声の方を向くと美嘉が大きく手招きをしているのが見える。

「こっちー！　もう出発するよー！」

美嘉の横には3と書かれたプレートを持った少女がいて、首だけを私の方へ向けている。どうやら自分は3班らしい。

「あ、行かなきゃ。」

「わたくし達、いつの間にか呼ばれていたみたいね。」

美嘉の方へ歩き出すと、くるみと華鳥も私の後を付いてきた。おそらく、この2人は呼ばれていない。しかしこの状況で「2人は別」と告げるのは不可能である。

美嘉の元へ到着すると、近くにいた班のリーダーらしき男性がにこやかに迎えてくれた。

「これで揃ったね。」

「すみません、よろしくお願いします。」

「お願いします。」

「お願いしますわ。」

3班のメンバーに東西南が揃って頭を下げると、案の定美嘉が口を開く。

「あれ？　2人はこの班じゃないよ。ね、馬場さん？」

「うん、東ちゃんのお友達は10班だから呼ばれるまでちょっと待ってて。」

「え？」

「じゃあ3班のみんなは出発してくださーい。」

馬場さんはプレートを持つ車イスの少女に手を振り、揃った3班のメンバーを促す。

華鳥とくるみは私に何か言いたげな眼差しを向けてきた。しかし同じ班の者たちは私を待つことなく歩を進め始める。

「ごめん、色々あって離れちゃったみたい。頂上でまた会おう。」

その場しのぎの言葉で空間を埋めた私は、2人の返事を待たずに山を登り始めた。

＊　4　＊

3班に合流すると、先ほど笑顔で迎えてくれた体格の良い男性に1本の太い紐を渡される。

「東さんはそれをお願いします。」

自分が受けもつ車イスの少女は、歩くだけでなく話す行為も難しそうだった。彼女の表情から心情を測ろうと試みる。目に映る青空を見て、何を思っているのだろう。今日ここへ来たのはおそらく本人の意思ではない。少女の母親は常に周りの景色を見まわしていた。道から顔を出す花々や木の枝に潜む鳥たちを発見すると、母親は立ち止まって数秒間停止する。私は人と自然を交互に見ながら山道を登っていた。

「どうして2人を連れてきたの？」

1キロ地点と書かれた看板を通り過ぎると、美嘉はそれまで閉じていた口を開いた。

「一人で参加するのは心細かったから。」

先日シンジに話した本当の目的はもちろんここでは伏せる。

「そっか…」

それから、美嘉はまた口を閉じた。私たちの班には沈黙が続く。空気を変えようと自分から何か発言することも試みたが、傾斜が急になっていくにつれその気も失せていった。時おり、リーダーらしき男性が皆へ声をかけてくる。しかし班員たちのレスポンスは木々に吸収され、不本意ながら私を含めた4人はコミュニケーション能力の低い若者の一団となってしまった。

2時間かけてようやく山頂にたどり着くと、社会人ボランティアの方々が待っていた。我々よりも先に出発し、昼食の準備をしてくれていたらしい。弁当と手作りの味噌汁を受け取ると、私はそこから少し離れたところにある木のベンチで休憩を取ることにした。トイレから戻ってきた美嘉が隣にやってくる。

「お疲れ様。」

「あ、うん。お疲れ。」

「東ちゃん的にどうだった？」

「初めてのイベントだから、よくわかんないや。」

「楽しかった？」

「うーん。」

正直、楽しさなど全くなかった。登り終えてみてわかったことは、せっかくの休日を奉仕に捧げたとしても、いいことをしたという満足感は得られないということだ。

「ごめんね、私と同じ班になっちゃって。」

「いやそれはそんな別に。」

「……。」

ここはきちんと否定しなければならなかった。しかし言葉を選んでいるうちにどんどん沈黙は長くなっていく。やがて美嘉は膝の上の弁当を除け、人が大勢集まっている方へと歩いて行ってしまった。

しばらくして追いかけたがもう遅い。山頂には続々と人々が集まってきていたため、美嘉を見失ってしまった。

美嘉を探していると、先に華鳥の大きいリボンが視界に入ってくる。山麓で着ていたザ・ノース・フェイスのハードシェルは腰に巻かれていた。くるみと共に弁当の列に並んでいる。隣のくるみに違和感を抱いたのは、腕まくりをしているからだ。夏ですら萌え袖を止めなかった彼女が、だ。

「でた。裏切り者。」

私の姿に気がつくと、くるみは確かにそう言った。華鳥も顔をこちらに向け、双方から冷たい視線が送られてくる。私の足はまるで避難するかのように先ほどのベンチへUターンし始めた。

5分ほど経っても美嘉が戻ってくることはなかった。ベンチには弁当が2つ並んでいる。頭は混乱していたが腹も確実に減っていた私は、先に昼食を済ませることにした。リュックから水筒も取り出す。揺らすとカランという音が鳴った。まだ氷は溶けていないようだ。

頂上で食べる飯は美味いものだと認識していたが大間違いだった。白米もひじきもコロッケもすべてがゆるく、不味い。途中、とっくに冷め切った味噌汁に気づき紙コップを持ちあげると、茶色い水面には蟻が浮いていた。

「水死って辛いよな。」

30メートルほど先に草むらを見つけたので、紙コップを片手に移動する。雑草たちに交ざるぺんぺん草に狙いを定め、味噌汁をぶちまけた。

「女の子なのに、野蛮だなー。」

振り向くと弁当を抱えたくるみ、華鳥、美嘉が並んでいた。

「ち、違う。これは蟻が…」

「早くこっちおいでー。ご飯食べよ。」

特に怒った様子もなく、くるみは私に声をかけた。空のコップを握りしめ、頭の整理ができていないまま皆の待つ場所へと向かう。さっきまで自分一人で座っていたベンチの前に、華鳥とくるみはレジャーシートを敷き始めた。

「2人とも怒ってるんじゃなかったの？」

「とりあえずお座りになられたら？」

私は華鳥に言われるがまま食べかけの弁当の横に腰を下ろし、2人の作業が終わるのを眺めていた。美嘉は再び私の隣で黙々と弁当を食べ始める。

「やっぱり大きめのレジャーシートにして正解だわ。」

「今日は何から何までありがと南さん。」

「いいのよ。さ、食べましょう。」

「いただきます。」

「お味噌汁おいしー。」

「本当ね。」

私が味噌汁をぶちまけたのを見ていただろうに、わざと美味さを主張してくる彼女らに嫌気がさした。会話のキャッチボールに参加させてもらえないどころか防壁すら見える。この2人は私を甚振(いたぶ)るためにわざわざここに来たのだろうか。

「どうしたの東ちゃん、そんなムスッとして。」

「いや、だって…2人が怒ってるんじゃないかって。」

「怒ってないよ。」

「本当？」

立ち上がった勢いで割り箸が地面に落ちたが、今はそれどころではない。

「正直に言うと、もう怒ってない。最初山麓で置いてかれた時はさ、やっぱり『え？』ってなったけど。」

「くるみさんったら帰るとか言い出して大変だったのよ。」

「だって今日の登山だって東ちゃんに無理やり連れてこられたのにー。当の本人は先行っちゃうんだもん。南さんと2人ってすっごく不安だし。帰ろうかと思った。」

「誰がここまで面倒見てあげたと思ってるのよ。」

「ごめんごめん。意外と頼りになったよ。あ、東ちゃんやっと笑った。」

「よかった…」

不本意に生んでしまった亀裂をどう修復しようか悩んでいたが、ひとまず安堵する。全身の力が抜けた途端、食欲が戻ってきた。一口ずつしか手をつけていなかった、あんなに不味かったおかずに魅力を感じ、一度閉じた弁当の蓋を再度持ち上げる。涎（よだれ）が出たと同時に箸の死亡を思い出した私は、皆が食べ終わるのを眺めているしかなかった。隣の美嘉は飯を食べるためだけに口を開けていて、声を発しそうにない。

「あ、紹介するね。今日私と同じ班だった城州北高の亀井美嘉ちゃん。」

「くるみは知ってるから、南さんだけじゃない？　お初なの。」

「あら、そう…って言ってもさっき少し話したものね。彼女がここで一緒にご飯を食べないかって誘ってくれたの。」

それで3人一緒にここへ来たのか。いったいなぜ美嘉は2人を誘ったのだろう。

「亀井さん、わたくしは華鳥蘭子と言いますわ。よろしくどうぞ。」

「え？〝ミナミ〟って名前じゃないんですか？」

「あぁそう。聖南テネリタス女学院に通ってるから南って呼ばれているの。だから亀井さんも南でいいわ。」

「じゃあ私も、北高なので北ちゃんとかでいいです。」

「えーだったら私もくるみだけどニッシーにする？」

「あら！」

「どうしたの華鳥さん、また劇的に驚いて。」

「わたくしたち、東西南北だわ！」

華鳥、くるみ、美嘉は目をまるくした。3人は偶然を疑わなかった。私は華鳥を真似て手で口をおおい、こみ上げてくる笑いを隠した。

＊　5　＊

「はい、チーズ」

いいポジションで集合写真を撮り終えると、今日の任務はほぼほぼ終わったに等しい。

「それでは皆さん、下山の準備をしまーす。班は行きと同じでーす。」

馬場さんの一声で90人の固まりは早々と散った。呼吸を止めていたことに気づき山頂の空気を勢いよく吸い込むと、身体は自然と伸びを始める。するとくるみが突然、前方にいる車イスの少女に話しかけた。

「さっちゃん、ご飯食べた？」

「うん。美味しかった。」

「帰りも頑張ろうね。」

「うん。」

会話のやりとりから〝さっちゃん〟とくるみは同じ班だったことがわかった。さっちゃんと呼ばれた少女は、車イスに乗っていなければ健常者となんら変わりのない女の子である。

「あ、ママ。」

スラリとした長身の母親が後から現れた。モデルのような美人ママは若くしてさっちゃんを産んだのだろう。

「サチ。良かったわね、可愛いお姉さんたちに囲まれて。」

「うん。」

「下山もおねがいしますね。」

母親は軽く頭を下げると、サチを囲む女子高生4人の顔を見回した。

「あら、美嘉ちゃんじゃない。」

「お久しぶりです。さっちゃんママ。」

「今年は違う班だったのね。」

「はい。」

「でも会えてよかった。」

美嘉は慣れた口調で敬語を扱い、大人とのコミュニケーションを図っていた。〝にこきっず〟のブログを見る限り、彼女はかれこれ3年は団体に属し、イベントに参加している。これまでに車イスの少女サチとの交流があってもおかしくない。

「えー！　さっちゃんファミリーと美嘉ちゃんはお知り合いなんだ。」

サチの目線に合わせてしゃがんでいたくるみはピョンという効果音つきで立ち上がり、丸い瞳で双方を見比べた。隣の華鳥は言葉を発さずとも気持ちを伝えてきた。口に手を当て、本日2度目の劇的な驚愕ぶりを表現してみせる。

このやりとりを、私はうすら笑いを浮かべて見ていることしかできなかった。爪弾きを喰らいながらも、山の頂に踏みとどまる。

「あなたは？」

突然サチの母親がこちらを向き、首を横に傾げた。

「あ、えっと…」

「ワタシの友達です。」

「そう。美嘉ちゃんの友達。よろしくね。」

「…よろしくお願いします。」

友達の境界線に比べたらセコムのレーザーセンサーなんて分かりやすいものだ。美嘉のお節介なアシストゆえ、自己紹介もままならなかったが、よく考えたらあえて名前を言う必要もないと思った。言ったところでどうせサチも覚えないだろう。

この時、西南北はサチを中心としていた。やっと動いた歯車に石が詰まったようでいい気はしない。私は隣の美嘉に提案する。

「そろそろ、班に戻った方がいいかも。」

彼女は「そうだね」とすんなり賛同し、私たちは自分たちの班に戻った。

日はまだ燦々と降り注ぎ、まだまだ落ちる気配もなかった。下山はペースが速く、休憩の時間も登りより少なく感じた。

「よし！　ゴールが見えたぞ。」

朝に集合した広場へ到着する。ほとんどの班はまだ到着していなかったが、すべての班が下りきるまでさほど時間はかからなかった。解散式は手短に行われ、早朝から集った〝にこきっず〟はここでお別れとなる。

自分が支えた車イスの少女は、一日中空を見上げていた。彼女は生まれつき筋ジストロフィーという病気らしい。彼女の母親は、今日のお礼にと絵葉書を3班全員に配った。

「わぁとっても可愛い。」

「娘が描いたんです。」

森林の中を青い鳥が羽ばたいている。彼女の描いた木々は優しい色合いをしていた。現実よりもはるかに美しい風景。私は、悲しくなった。こんなに素晴らしい才能を持った彼女の筋力を奪う、その病気に腹が立った。

「ありがとう。」

私も美嘉も、車イスの高さまで腰を曲げ、絵葉書の作者に直接お礼を言った。彼女は最後まで表情を変えなかった。強い瞳で、橙(だいだい)色に染まった空を見つめているのだった。

くるみと華鳥を迎えに行くと、案の定2人はサチと談笑していた。これだけの時間を共にしてまだ話がつきないとは、どういう対話技術が備わっているのだろうか。

「そろそろ帰るよ。」

「はーい。」

「楽しい時間はあっという間ですわね。」

場に漂う名残惜しい雰囲気を拒否し、私は駅の方を指さした。

「急がないと電車の時間まで5分しかないよ。」

「皆さん、本当にありがとうございました。」

サチと母親が頭を下げる。くるみはゆっくりとサチの手を離し、深いおじぎをした。華鳥、そして隣にいた美嘉までもがそれに続くと、自分の視界が一瞬開ける。

駅へ歩き出すと美嘉が私を呼び止めた。

「東ちゃん、私、馬場さんの手伝いしなきゃいけないから、ここで。」

遠くに見える馬場さんは社会人ボランティアの方々と真剣な表情で話している。礼は後日会った時に伝える方が良いだろう。

「了解。馬場さんによろしく。」

「…うん。じゃあまた。」

美嘉は馬場さんを含む大人達の群れへと消えていった。

「美嘉ちゃん行っちゃったね。」

「またみんなで集まりましょうよ。」

東西南北が揃った時間はわずかであったが、確実に好転した一日となった。人生にもゲームみたいにセーブという機能があるならば、今すぐにしたいものである。

「なんか達成感ありますわ。」

「くるみもー。」

「私も。」

田舎の電車は相変わらず空いていた。沢山の席を余らせながら3人は肩を並べて座る。小さくなることのなかったモンベルのバックパックとブロークン化したリュックは、2人の腕に大事に抱えられていた。

「馬場さん。」

「あら、みんなと一緒に帰らなかったの？」

「はい。最後まで片付け手伝います。」

「そんな、いいのに…」

「私の居場所は、ここですから。」

「美嘉ちゃん……」

「東ちゃんには、もう素敵な友達がいるんです。私が邪魔をしちゃいけない。」

「………」

「そう…わかってるんです。でも、楽しくて。今日もとっても楽しくて。」

「美嘉ちゃん、聞いて。美嘉ちゃんはね、大切な〝にこきっず〟のメンバーよ。でもね、他に心の拠り所が見つかったら、喜んで手を振るわ。私が今美嘉ちゃんに望んでいることは気をつかうことでも、ボランティアを手伝ってもらうことでもない。」

「………」

「私は、美嘉ちゃんに笑顔でいてもらいたいわ。あなたは抱えこみすぎた。辛いことを経験しすぎた。その分いっぱい楽しまなくっちゃ。」

「……はい。」

第六章　共謀者　～ラクダ色カメラマン～

＊　1　＊

この時期に西テクノ高専で工業祭が開催されることを知ったのは、くるみにお誘いの連絡をもらってからであった。文化祭の季節といったら秋だが、西テクノでは秋はロボコンがあるため夏前に行うらしい。

幼少期ぶりの工業祭に、心は高ぶっていた。くるみに招かれた東、南、北はそれぞれの制服姿で高専の最寄り駅に集合した。昨日行った多数決で唯一私服派だった華鳥は、口を尖らせて登場する。

「休日なのに制服ってのも変ね。」

「文化祭はね、私服の方が浮いちゃうから。」

「でも今日のは文化祭じゃなくて工業祭じゃない。」

会うのは登山の日と合わせてもまだ2回目だというのに、華鳥と美嘉の掛け合いには違和感がない。

校門の前では様々なビラが配られていた。ホットドッグ、チョコバナナなどの定番の飲食店はもちろん、サイエンス体験やロボットバトルといった高専特有の催しものもあるらしい。

くるみはタピオカ屋の店番をしていると言っていた。シンジのクラスはカレーを作っているらしいが、今日に限っては顔を合わせたくない。制服姿のJKを前に鼻の下を伸ばすシンジが想像つく。

「随分と賑わっているわね。」

「南さん、はぐれないようにね。」

「わかったわ。」

そう言って華鳥は私のスクールバッグを掴んだ。

「ねえちょっとちょっと、お嬢ちゃんたち何年生？　うちのお化け屋敷遊びに来ない？」

私たちに男が1名、しつこくビラを押しつけてきた。この男、前にもどこかで会った気がするが気のせいだろう。

「お化けは心臓に悪いわ。」

華鳥は今日もスンとした態度で言い放ち、男の誘いを華麗にはねのけた。

「くるみさんは今頃寂しくて泣いてるわ。急ぎましょう。」

「私たちが来たら喜んでくれますかね。」

華鳥が急ぐのはどうせ喉が渇いているからだろう。そして期待している彼女とそれを販売しているくるみには悪いが、文化祭のタピオカは大抵ぬるくて固くて味がうすい。

「くるみちゃんのクラスは3階だから…こっちのはずなんだけど。」

「あれよ！　あそこにタピオカって書いてあるのが見えるわ。」

華鳥は私のバッグから手を離し、ずんずんと人混みをかき分けていった。私と美嘉はそれに続く。タピオカ屋に並ぶ列は廊下まで延びていて、末尾でくるみのクラスメイトであろう男子生徒が〝最後尾〟と書かれた看板を掲げていた。

「注文しないと入れないみたいだね。」

「あ、今奥にいたわ！　くるみさん！」

「どこ？」

視線の先を見るも、くるみの姿はなかった。

「本当にいたの？」

「いたわよ。」

一番高身長の彼女からだと見えたのだろうか。だが仮に教室の奥にくるみがいたとしても、この距離から声を届けることは難しい。

「とりあえず私たちもこの列並ぼ。」

まず教室に入ってすぐにレジがあり、先に支払いをすませてから商品の受け取りを待つ流れのようだ。数は少ないがテーブルとイスも用意されている。

「次の方ご注文どうぞ。」

「じゃあミルクティーひとつ。」

「私も。」

「わたくしはカルピスにするわ。」

「400円ずついただきます。」

接客の口調は丁寧だが、高専男子はどうしてこうも目を合わせてこないのだろう。

やはりクラスに女子が少ないからなのか。シンジと初めて会った時を思い出した。

「番号札56番です。受け取り時に札を回収しますのであちらへお進みください。」

促されるがままに教室の奥へと進むが、人口密度が高いせいで、やたらと人にぶつかった。空調が効いているので暑さはないが、無駄なコミュニケーションが面倒である。

「華鳥さん、くるみちゃんを探して。」

「さっきからいるわよ。あそこに。」

「うそ。うちらからは全然見えないのに。」

「ついてきなさい。」

華鳥は容赦なく猛進した。教室の窓側には厨房と客を分ける役割の長テーブルが並べられていた。その向こう側に、女の子が一人。エプロンを腰に巻き、無表情でタピオカをすくうのは紛れもない美少女だ。

「くるみちゃん！」

「わ！　ありがとみんな。来てくれたんだね。」

隣にいた寡黙系男子に「ちょっと抜けるね」と告げると、くるみはテーブルをぐるりとまわりこみ、こちらへやってくる。

「作ってなくて大丈夫なの？」

「いいのいいの。仕込みからずっと任されてたから。みんなは今来たばっかり？」

「そう。着いて直行でここ来た。」

「くるみさんが寂しがっているとと思ったからよ。」

「へへ、嬉しー。」

　私は聞き逃さなかった。くるみが笑った直後、後ろから悲鳴のようなものが耳に飛び込んできたのだ。周りを見渡して、皆の視線がこちらに向いていることに気が付いた。

　――囲まれている。

　身長のある華鳥にしか見えなかった理由も、こんなにタピオカ屋が繁盛してる理由も…そうか。くるみの周りに人だかりができていたのだ。

「すみません。」

　くるみの肩を地味な女子高生2人組がつつく。

「ん？」

「一緒に写真撮ってもらえませんか？」

　制服や私服ではなくてクラスTシャツを着ている。ということは彼女らも高専生なのだ。

「去年のロボコンも見たんです。その時からずっと大河先輩が憧れで。」

「えーありがとー。じゃあ…」

要求には応じたものの、たいした笑みも浮かべずポーズすらとらなかった。くるみは普段から、服屋に行っても飲食店に行っても店員には愛想良くしない。そんな彼女と仲良くできている自分は選ばれし者なのだと、こういう場面に直面する度、優越感に浸ってしまう。

「なぁなぁ。おれたちも撮ってもらおうぜ。」

この流れに便乗しようと4、5人の男子学生の群が近寄ってくるのがわかった。男と写真を撮るのはアイドルにとってリスキーな行為だ。ここはなんとしてでも止めなければならない。

「くるみちゃん、私お手洗いに行きたいんだけど。教えてくれる？」

「うん。案内するよー。でもちょっと人が落ち着いたらのほうがいいかも。」

「もう漏れそう！」

＊　2　＊

たいして行きたくもないトイレを一旦挟み、私たちは中庭のベンチに腰を下ろした。

「なーんか。こういう感じでみんなと会えて幸せ。」

「……」

「私、毎年工業祭は休んでたの。出店するのも面倒だなって思ってたし、一緒にまわる人もいないし。」

「……」

「だけど、今年は楽しい。」

「それはよかったわ。私もね、今とっても楽しいのよ。だけどみなさんといると受験勉強なんてしたくないって気持ちになってしまうの。だからどこかで…」

「すみません。」

華鳥のターンを遮ったのは見知らぬ男だった。

「5年の清水って言います。よかったらこれ、見に来てください。」

男はくるみに1枚の紙を渡すと足早に去っていった。5年ということはシンジと同じ学年である。

「なに何？」

6つの目がくるみの手元を覗き込んだ。

〝コドモオオトカゲ・11時10分から体育館にて。〟

「これは何のチラシかしら？　上に大きく書いてあるコドモオオトカゲってなんですの？」

「バンド名かな。文化祭で演奏するあるあるのやつ。」

「どうするの？　くるみちゃん。」

ガヤが忙しく騒ぎ立てると、くるみは眉を下げた。

「うーん、みんなに任せる。」

「何言ってるの。絶対行くべきよ。」

「私もそう思う。」

「みんながそんなに言ってくれるなら行こーかな。」

私たち3人はベンチから腰を上げ、くるみの後に続いた。いつも先頭を歩くことが多い私が一番後ろにつく。なんだか新鮮だった。

体育館に着いたものの、時間にはまだまだ余裕があった。空白の時間を何のゆかりもない学生たちのコピーバンドで埋めるというのも酷な話だ。今歌っている〝イカげそ〟というバンドも、それぞれの楽器の主張が強すぎてボーカルの声が埋もれてしまっている。壇上に置かれているローランドのアンプを遠隔操作で捻ってやりたい。

「口が寂しいなー。」

「なんか買いに行く？」

「そういえばタピオカは？」

「げ。」

バッグを開けると折れ目のついた番号札が出てきた。

「どうして誰も気づかなかったの？」

「東さんがいけないのよ。お手洗いとか言うから。」

「くるみが取りに行ってくるよ。」

「だめだよ。くるみちゃんはここにいないと。一番見なきゃいけない人なのに。」

「えーでも、ぬるくなってたら作り直してもらうように頼んだ方がいいでしょ？」

確かに、それができるのはくるみだけだ。３人はわかりやすく黙り込んだ。

「コドモオオトカゲまでまだまだ時間あるし、大丈夫だよ。」

くるみはタピオカ屋へリターンする。私はトイレの責任を果たすため彼女についていった。華鳥と美嘉には体育館に残っていてもらい、パイプ椅子の場所取りを任せた。

「番号札56番？　ああもう結構前にできてたから、ぬるいです絶対。」

案の定私たちが注文したタピオカジュースは氷が溶けて嵩（かさ）ましされていた。しかしくるみの権力行使によって新しいものと交換することができたので一安心だ。両手にカップを持つと、その冷たさと結露で手が滑らないか不安になる。いざ体育館へと舞い戻ろうとしたその時、背後からくるみを呼ぶ声が聞こえた。

「くるみちゃん。」

どこかで聞いたことのある少女の声だった。

「あー！　さっちゃん。」

くるみはサチの顔を見ると車イスに駆け寄った。なぜサチがここに？　くるみが工業祭にサチを誘ったのか。それにしてもサチは一人でここまで来られたというのか。

「一緒にまわろう。あ、さっちゃんこれ飲める？」

「うん。」

サチはくるみからタピオカジュースを受け取ると小さな口でストローをくわえた。

「東ちゃんごめん。私の持ってる分のタピオカもお願い。そこにあるトレー使ってくれる？」

「階段でこぼしそうなんだけど。」

「大丈夫。エレベーター使うから。」

「え、エレベーターあんの？」

公立高校では考えられないが、国立高専にはあるらしい。そこまで承知の上でサチを呼んだのだろうか。

車イスの少女を連れて歩くと、廊下にいた生徒や他校生は皆こっちを振り返った。しかしくるみは周囲にはまったく目もくれず、むしろ堂々としていた。エレベーターで下には降りたものの、体育館に行くには一度外廊下を通る必要があり、そこにはいくつかの段差があった。校舎から一歩外に出ればバリアフリーは適用されていないのだ。

「東ちゃん。」

「ん？」

「やっぱりくるみ、ここでさっちゃんと待ってる。」

「嘘でしょ？」

くるみの意志は固く、こちらがどう説得しても聞く耳を持とうとしない。

こうなったら場所取り中の華鳥と美嘉の元に戻って策を練るしかない。体育館に戻ると、2人は最前列のパイプ椅子で異彩を放っていた。

「あ、来た来た。東ちゃん、ありがとう。」

「私はカルピス味よね。」

華鳥も美嘉も、私が到着するとすぐにトレーの上に置かれたタピオカ入り飲料を摑んだ。くるみがいないことに関しての違和感はないようだ。

「ねぇ、飲みながらでいいから聞いて。くるみちゃんがバンド見ないとか言うんだけど。」

「なんですって？　この短時間のうちになにがあったのよ。」

「さっきくるみちゃんのクラスにサチちゃんが来て。」

「サチちゃんって、〝にこきっず〟のさっちゃん？」

「そう。」

「で、今くるみちゃんは？」

「さっちゃんといる。」

「くるみさんがコドモオオトカゲ見ないのなら私たちも見る意味ないですわ。場所取りしたのは意味なかったわね。」

　2人はおもむろに荷物をまとめ始めた。

「さっちゃんとくるみさんはどこ？」

「たぶん体育館出たところだけど。え、ちょっと待って。本当にみんな見なくていいの？」

「逆に東さんは見たいと思いますの？」

される。

「じゃあ私たちは先に行ってますわ。」

美嘉は迷っているようにも見えたが、華鳥が強制連行した。体育館には私だけが残

「見たいよ。」

「清水だっけ。あの男も気の毒だな。」

2人が押さえてくれていた席に腰を下ろし、自分の誤ったかもしれない選択から目を背ける。仕方がない、自分にはサチと一緒にいたいという気持ちがないのだから。

＊ 3 ＊

（家庭科準備室のカレー屋さんにいます。）

コドモオオトカゲの計3曲の持ち時間が終わり、携帯を見ると美嘉からメッセージが入っていた。（すぐ向かうね）と打ちこみ、いざ送信ボタンを押そうとしたところで尻込みする。カレー屋ということはシンジがいるのではないか。

パンフレットで場所を確認すると、残念ながらカレーを出店しているクラスは全校で1組だけだった。憂鬱な気持ちのまま体育館を後にする。

「あー東ちゃんやっと来た。」

「おまたせ。」

「東ちゃんの分のキーマカレー今きたところだよ。」

「冷めないうちに、いただきますわ。」

幸い、シンジの姿はレジにもフロアにもなかった。4人の話を聞く限り、注文してから運ばれてくるまでの時間がかなり長かったらしい。私の前に置かれているキーマカレーはご飯の割合が8割を占めていた。華鳥の頼んだ野菜カレーは、人参とジャガイモの形が恐ろしく不格好であったが、素朴な味がおいしいとお嬢様はご満悦だった。

私はくるみにコドモオオトカゲの感想を伝えた。清水の歌った曲が〝ヒロイン〟〝ハイスクールガール〟〝恋〟だということも、音程が聞くに耐えないくらい不安定だったことも。くるみは「聞かなくてよかった」と言って小さく笑うだけだった。

食べ終えた後も私たちはしばらく談笑していた。くるみのタイムリミットがせまり、私たちは家庭科準備室を出る。午前中に比べ、来場者はぐんと減っている。

くるみを教室まで見送りに行く途中、サチが突然車イスから身を乗り出した。

「ここなぁに？」

彼女が指した先には〝コスプレ写真館—10年後のあなた—〟と書かれている。

美嘉がサチに問いかけると、サチは思い切り首を縦に振った。

「くるみちゃんは時間大丈夫？」

「うーん、ちょっとなら。」

「じゃあ少し入りましょう。」

廊下の装飾から活気のなさが伝わってきたため、乗り気にはなれなかったが、これ以上自分勝手な行動をするのは危険と判断し渋々了承する。教室の中に入るとチープなドレスやウサギの着ぐるみがお出迎えしてくれた。

「いらっしゃいませ。わぁ、最後にこんな可愛子ちゃんたちが来てくれるとは。」

「最後？」

「うん。もう人来ないから閉めちゃおうと思ってたの。」

達者なオネエ言葉を使う高専生は、スカートを穿き口紅をつけていた。カツラまでは予算がまわらなかったのか、頭は坊主のままである。

「あ、じゃあお嬢さんたちね、着たい服をそこから選んでちょうだい。ただし、今着たい服じゃないのよ。10年後を想像して。」

「どうして？」

「その方がタイムカプセルみたいで楽しいじゃない。」

オネエは入り口に置かれたラックを指さした。教室に入って最初に目に飛び込んできたチープな衣装たちだ。

「くるみこれ着る。」

「決めるの早すぎない？」

「サチはこれがいい！」

くるみは男性用のスーツ、サチは丈の短いドレスのようなものを選んだ。

「さっちゃんのこれは、何のコスプレですの？」

「これはねぇ、アイドル！　ふりふりで可愛いもん！」

「さっちゃんは本当にアイドルが好きなんだね。」

車イスのハンドルを握っていた美嘉が優しく少女の頭を撫でた。

まさか、サチも私と――――。

「でもサチはやっぱり〝花嫁さん〟を着るね。」

「あら、どうしてですの？　せっかくならその可愛いやつ着たらいいじゃない。」

「ううん。やっぱりそれはサチよりもっとお姉さんに着て欲しいんだ。」

「じゃあ私これにするよ。」

サチが着ないのであれば、私が着よう。パニエで広がったパステルカラーのドレスはこのラックの中では一番魅力的に思えた。

「小道具もいっぱいあるわよ。あんたはこれね。」

元はラムネが入っていたであろうプラスチックのマイクをオネエに無理やり持たされる。私とサチの会話が聞こえていたのかもしれない。

私、華鳥、美嘉の3人はオネエに案内された更衣室を利用する。くるみはとっくに男性用スーツに着替えていたため、サチの着替えは彼女に任せた。

「南さんのそれは何なのさ？」

「探検家よ。東さんはリヴィングストンの伝記読んだことあるかしら？」

「いや。そもそも誰の伝記も読んだことない。」

美嘉はシスターの衣装に着替えながら、ずっと何か言いたげにしていた。

「美嘉さんはリヴィングストン知ってるわよね？」

「……。」

「どうしたの？　そんな黙って。」

「南さん、どうしてさっちゃんがウエディングドレスを選んだかわかります？」

「……わからないわ。」

「ここに置かれている衣装は丈の短いものばかりで、さっちゃんには着たいと思える服がないんです。」

「でもドレスは短い方がかわいいじゃない。」

「南さんは、自分の脚が金属でできていたら…それをみんなに見せたいと思いますか？」

「……」

そうか、彼女は今日もこの間の登山の時も長ズボンを穿いている。だから私たちは彼女が義足だったことに気づけなかったのだ。

「ごめんなさい。怒っているわけでは全然ないんです。」

丸い口調で言い残し、美嘉は更衣室を出て行ってしまった。華鳥と私だけ取り残された空間にはどうしようもなく重苦しい空気が漂う。

「……わたくし、悪いこと言っちゃったわね。」

「知らなかったんだから仕方ないよ。私は南さんが悪いとは思わないけど。」

「……ありがとう。」

私が編み上げのブーツに足を入れていると、華鳥もティンバーランドのブーツを履き始める。

「東さん、似合うわよ。」

「南さんもリヴィングなんとかみたいだよ。」

「ふん、知らないくせに。」

「ドア開けるよ。」

更衣室の前でサチが待っていた。私の視線は自然と彼女の足へいってしまう。

「わぁ！　すごい！」

コスプレという異次元体験にかなりの照れくささが生じたが、サチの大げさな反応によってそれは少しだけ緩和された。

「いいわね！　みんな着替えたところで、写真の背景は何色がいい？」

「背景も選べるんですか？」

「そうそう。っていっても白か緑の2択だけど。」

「サチ緑がいい！」

「緑ね。じゃあ黒板の前に。」

「なんだそういうことかー。」

学生クオリティに期待は禁物なのである。さらに驚くことに、オネエが手に持っているのはインスタントカメラだった。写真館を謳(うた)っているというのに、肝心なカメラはチェキなのか。

「じゃあ撮るわね！」

――カシャ。

シャッターが押されると本体から四角形が流れ出てきた。が、まだ何も写し出されていないはずの白い紙には、本来あってはならない黒いラインが刻まれている。

「やだ〜なにこの線。インク漏れ？」

オネエはチェキ本体を解体し始めた。その手がどんどん真っ黒に染まっていく。

「直りそう？」

なぜインクが漏れたのか、そもそもなぜチェキにしたのか、なぜ私たちは最後にこんな所に来てしまったのか、時間の経過と共に後悔が渦を巻く。苛立っていたのは自分だけではないようだ。華鳥も美嘉もくるみも、格好に似合わず口角が下がっていた。

「もう時間がないかもー。」

くるみが携帯で時間を確認する。そしてそのまま何者かに電話をかけだした。

「シンちゃん今どこ？」

――嫌な予感は、おそらく予感ではない。

自分の知っているシンちゃんではないことを祈っても無駄だった。

「今から部活の先輩が来てくれるって。その人いつも大会では写真係でまあまあうまいから、撮ってもらお。東ちゃんは知ってるよねー。」

「う、うん。」

ここに来て逃れられない現実が待っていた。どうせここで会ってしまう運命ならばカレー屋での心配はただただ無駄なことだった。おかげでキーマカレーの味も覚えてやしない。

5分も経たないうちにシンジが教室にやってきた。少し離れたところにいたのだろうか、めずらしく呼吸を荒くしている。

「ごめんねシンちゃん。」

「すごおーい！　大きいカメラ持ってる。」

「わざわざありがとうございます。」

美嘉のお礼の言葉に続いて華鳥とサチが頭を下げた。シンジはポケットに突っ込んでいた手を顔の前に出して「いやいや」と紳士的な対応をしてみせる。そうか、このタイミングで会えたのはある意味ラッキーだったのかもしれない。私たちは制服姿ではなくコスプレ姿なのだ。シンジがこちらを見てニヤリと笑ったが、鼻の下は思ったよりも伸びていなくて安心する。

「本当にごめんなさい！　ありがとう！　うぅ……」

「あなた、男の子なんだからめそめそしないの。」

華鳥が座り込んでいたオネエの腕を無理やり引っ張り上げると、坊主は渋々頭を上げた。彼の顔には透明の鼻水がこびりついている。

「僕が来たんで、もう泣かなくて大丈夫ですよ。」

「お、シンちゃん珍しく頼もしー。」

「くるみちゃん、なんでスーツなの？」

「コスプレ写真館だからだよ。」

「それはわかるけど、どうしてそれ選ぶ？」

「これが一番ＳＥっぽいじゃーん。」

統一感のない私たちは黒板の前に隊列を組み直し、シンジは首からぶら下げたライカを構えた。ファインダー越しに彼と目が合う。

――カチ。

耳を澄ましていないと聞こえないほどの小さなシャッター音が鳴る。

「はい、撮れたよ。」

「ちょっと、ハイチーズとか、かけ声かけてくれないとわからないわよ。」

「今くるみ絶対変な顔してた！」

――カチ。

「だーかーら、タイミン…」

「安心して。いいの撮れました。くるみちゃん、タピオカ屋の奴が探してたから着替えたらダッシュで戻った方がいいよ。僕も片づけ行かないと怒られる。」

くるみはすぐさま更衣室に駆け込み、シンジは教室へ戻っていった。

「何あいつ。すかしちゃって。」

「今の人、東さんの知り合いだったのね。」

「あ、まぁ…」

「なんとか撮れてよかったじゃない。」

「そうだね。私たちも着替えよっか。」

華鳥と美嘉が更衣室へ入っていく。自分もすぐ後に続こうとしたが、立ち止まる。

くるみがいなくなったため、自分も着替えに行ってしまうとサチが一人になってしまうのだった。

「ごめん、サチちゃん。すぐ着替えてくるから、待っていられる？」

「うん！　だいじょうぶ！」

「じゃあ…」

「あずまちゃん、そのお洋服着てくれてありがとう！　ほんもののアイドルみたい！」

「……」

大人に言われて嬉しい言葉を探すより、子どもに言われて嬉しい言葉を探す方が簡単だと思う。この年の子にお世辞はまだ早い、そう信じたい自分がいた。

「もし私が本物の本物になったら嬉しい？」

「うん！」

「そっか。」

私は上体を前に倒して、サチに耳打ちをする。

少女は「約束ね！」と言って私の顔の前に小指をつきだした。

＊　4　＊

「へぇ、あの車イスの子もなんだ。」

「うん。」

「衣装似合ってたよ。」

「アイドルの衣装って可愛いのよ。でもあれは安っぽかったな。」

「文化祭クオリティだからね。」

「やっぱり本物着るには、本物にならないとか。」

「カレーはどうだった？」

「なーんか、印象に残らず。」

「結構頑張ったんだけどな。隠し味とか入れてさ。」

「あ、撮った写真ちょうだい。」

「せっかくだし現像して渡すよ。」

シンジはコーヒーマジックによって、すっかり落ち着いた男に見えるようになった。

しかし、こんな日常会話をするために彼と会っているわけではない。

「次は、東西南北の真ん中を攻めることにした。」

「へぇ、中央部にある高校なんて知らないな。」

カップを持ち上げたまま雑な態度で話を聞くシンジを、しばらく無言で眺めていた。

彼の中での優先順位は私よりコーヒーの方が上のようだ。

「ん？　僕変なことでも言った？」

「ないよ、高校なんて。」

「おっと。」

シンジは背もたれに委ねていた身体を起こし、カップをテーブルに置いた。

「となると、狙いは？」

黒縁ウェリントン奥のピントがようやくこちらに合ったところで本題に取りかかるとする。

「翁琉城。」

「城？　イマイチ有効に使えそうにないけど。」

「地元民は桜の時期くらいしか訪れない翁琉城も、トリップアドバイザーでは高評価。去年の〝外国人に人気の日本の観光スポットランキング〟では全国12位に入ってる。」

「へぇ。外国人には受けいいんだ。」

ここで、スクールバッグに忍ばせていたテレビ情報誌を取り出し「外国人が選んだ日本の行ってよかった観光地トップ30」と書かれた番組表を指さした。

「次のクールからこれが始まるの。」

番組名は『ホントに聞いたニホンの本気（マジ）スポット』。ありきたりなタイトルだが、どうやら人気お笑い芸人のアップカレー下田が司会らしい。

「この番組がなんだっていうのさ？」

「翁琉城はこの番組で取り上げられる。だから来週から私たち、翁琉城で働くの。」

「働く？」

「うん。外国人を通訳しながら案内する係ね。その辺の話はもう通してある。」

先日ババハウスに行った時、馬場さんに城案内のボランティアをしたいと相談した。城州で20年以上ボランティアをしている馬場さんの手にかかれば話は早い。とっておきの人物を紹介してくれるという。

「城と一緒にテレビに映ろうと思って。」

「……そんなにうまくいくかな。」

シンジの曇った表情が私を一気に不安にさせた。

「ただの城案内のボランティアだろう。城の情報なんて大概はナレーション処理さ。通訳のボランティアだって割とどの城もやっていることだから、そこにスポットが当たることも難しいと思う。凝ったところは武将や忍者の格好をするって聞いたことあるし。それに、取材の日が平日の昼間だったら終わりじゃないか。仮にもしテレビに出られても、よほどのことをしない限りはなんにも結果はついてこないと思うよ。」

彼が並べてくる言葉は、正しかった。彼がこんなことを言うのは初めてだ。大体いつも「面白いね」「頑張れ」と言って背中を押してくれる。今日も私はそれを期待していたのだ。

　今テーブルに広げられているテレビ情報誌は、表紙に惹かれて買ったものだ。５人組のアイドルグループが顔の横でレモンを持ち、私にほほえみかけてくる。勝手に、導かれたのだと解釈していたのかもしれない。

「でも、やるんでしょ。」

「え？」

「自分の進もうとする道に壁ができたら大概の人は他の道を探そうとする。でも東さんは、よじ登るか、それとも破壊するかだもんね。猪寄りの人間。いや、ゴジラに近いか。」

「女の子に向かってゴジラって。」

「ごめん。ごめん。」

　慌ててコーヒーに口をつけるシンジを見つめる。彼はいつも、まとまった主義主張を早口で論じる。この前は制服のスカートの下にジャージを穿くことの悪質さを唱えていた。気が済むまで話すとすぐに謝り、耳を真っ赤に火照らせるのが彼のパターンだ。最近のシンジはよく私のことを知ったかぶりするが、自分もシンジのことは大概お見通しである。

「東さん。」

「何?」

「僕から1つ提案があるんだけど――――」

第七章　好敵手　～マルチリンガル老人～

＊　1　＊

城攻め記念日はシンジに計画を打ち明けてからちょうど1週間後となった。堂々と佇む翁琉城は澄んだ青色を背負って私を見下ろしている。

「たのもーう。」

アクリル板越しに届く発券所のお姉さんからの視線を黙殺し、正門へ足を向ける。入場料はちゃんと払ったのだから、これくらいの行為はおもてなし精神で大目に見てもらいたい。時刻は10時55分。指定された時刻よりきっかり5分早く着くことができた。ひときわ日本人レベルの高い行為といえるであろう。

城州地方の全域から見ることができる翁琉城は山の頂に立っていた。私はもちろんシャトルバスを使った。趣味でもない山登りなんて一年に何度もするもんじゃない。

「アジマさんかね？」

「へ？」

「アジマさんですよね。馬場さんからご紹介があった。」

「ああ、そうです。アズマです。」

入場口付近で不慣れな行動をとる私に気づいて、高齢者が3人近づいてきた。祖父と同じくらいだろうか。80前後と思われるこの爺さんは入れ歯が大きくて口がすぼめづらそうだ。首にぶら下げられた会員証が目に入る。そうか、この人が――。

「伊丹(いたみ)さんですね。馬場さんからご紹介いただきました。東ゆうと申します。今日からよろしくお願いします。」

「こちらこそ、よろしくお願いします。」

右手を前に出すと、伊丹さんの皺にまみれた弱々しい指たちが私の手を包んだ。隣に並ぶ残りの爺さん2人とも続けて握手を交わす。

「では、早速ですが私は腕章を借りに行ってまいりますので、後ほど。」

そう言い残し何処(どこ)かへ消えていった爺さんの一人は、丸い瞳と色白の頰に浮かぶ赤み、そしてふくよかな体型が実にチャーミングであった。

「腕章はこの活動をする時に必要なんです。当番が決まっていて、今日はあの人が。腕章当番になった人は正門にみんなの分を取りに行くことになっています。」

「へぇ。」

一瞬シビアな上下関係を疑ってしまったが、当番制という伊丹さんの言葉を聞いて安心する。

「そうだ、この近くにある下松ミュージアムには行ったことあるかな？」

突然横から飛んできた質問は伊丹さんからではなく、もう一人の爺さんからだった。

「下松ミュージアム？　まだないですけど。」

「そうか。行ったほうがいいぞ。これはこの前私が行った時に撮ってきたやつでね。ほらほら格好いいだろう。」

私は強制的に一枚の写真を握らされる。そこには壊れた戦闘機が写っていた。年をとればこの魅力もわかってくるのだろうか。

「こらこら君。アジマさんが困っているじゃありませんか。君の話はいいのだよ。急に写真まで出して、意味がわからないよ。」

伊丹さんが鋭い突っ込みを入れると、軍事ヲタクの爺さんはすんなりと写真をしまった。どうやら伊丹さんの方が立場はずっと上のようだ。

「ところでアジマさんは、英語でしたかな？　話せるのは。」

「はい。」

「でしたら今日は少し退屈かもしれません。今日ガイドする方はスペインの方なので。」

「スペイン人…」

まさかスペイン語でガイドするということなのだろうか。

ここで先ほど抜けた腕章当番の爺さんが小走りで戻ってきた。

「お待たせしました。腕章をどうぞ。」

「ご苦労。ではでは、また後で。」

2人の爺さんは南門に向かって歩き始め、私と伊丹さんだけこの場に残った。4人で行動するのかと思っていたが、違ったようだ。

「伊丹さん、お2人はこの後どちらへ？」

「今日の事前予約者は一人だけですので、担当者以外の者は門の前で声かけをするんですよ。外国人観光客を見つけたら、ガイドは必要ですかと尋ねに行くのです。」

カットモデルのハント並に大変そうだが、私の想像していたボランティアガイドはまさにこれだった。

「しかし、あの爺さんは空気が読めない。」

「ははは…」

どちらの爺さんを指しているかは察しがつく。シルバー社会も闇が深いようだ。

依頼者は時間どおりに姿を現した。その優しそうな風貌に安堵する。スペイン人のハンナは20歳の女子大生だった。私が聞き取れたのはここまでで、そこからは日本人高齢者が口火を切ってスパニッシュのキャッチボールを始めてしまった。楽しげに返答しているハンナを見る限り、会話は成立していると思われる。

「天守閣の中へ入る前に翁琉城の歴史から説明しますね。」

私に一言告げると、入れ歯の詰まった口からは再びスペイン語が飛び出した。大きめの斜めがけ鞄からファイルを取り出すと、ようやくボランティアツアーが幕を開ける。

＊ 2 ＊

「この翁琉城が建てられたのは戦国時代の終わりのほうですね。その頃武将たちの間では、自分の力を誇示するための派手な城を造るのが流行ってましたから、この城もその一つです。もちろん仕組みもちゃんとしていましたよ。あそこにある穴は狭間ですね。今は開いた状態ですが、敵が攻めてくるまで漆喰で塞いで――」

伊丹さんは手持ちのファイルを使って5分ほど説明をした。スペイン語が理解できない私のために日本語も交えてくれるが、その際ハンナが暇そうにしているのが気にかかる。

「では、そろそろ城の中に入りましょう。」

第一地点のガイドが終わると、再び伊丹さんは先頭を歩き始めた。歩幅が広いのか、せっかちなのかはわからないが、とにかく伊丹さんは老人のクセに歩くスピードが速い。

私たちは後を追うが、ハンナは要所要所で立ち止まる。歩いては止まりを繰り返し、都度、持ってきたデジカメで写真に収めていた。伊丹さんとハンナを交互に確認し、はぐれないように調整するのは大変だった。

天守閣の中へと入る扉のすぐ前まで来た時、ハンナが申し訳なさそうにカメラを渡してきた。

「プリーズ。」

快く受け取り、レンズを向けると彼女は笑った。親指を立てるポーズをしたところでシャッターを切る。ハンナの夢はなんだろうか、ファインダーを覗きながら、ふとそんなことを思った。

天守閣の中に入ると一気に人口密度があがり、ここでついに伊丹さんを見失うことになる。置いて行かれた私とハンナはとりあえず城の奥へと進むことにした。

館内図によるとどうやら3階、2階、1階と下りてくるのが順路らしい。今、私とハンナがいる1階はお土産売場となっている。ハンナは館内図の横に立てられた〝ご寄付芳名板〟を眺め、意味もわからず写真を撮っていた。ここに名が載った人はいくらの寄付をしたのだろう。桁の想像はつかないが、より多く納めた者から順に並んでいるのだろうか。

〝華鳥のぶ子〟

ふと一番右上にある名前に引っかかる。まさか。覚えていたら今度会った時にでも聞こう。今わざわざ携帯を取り出して聞くほど気になることではない。

ハンナが気が済んだことを目で訴えかけてきたので、私は3階へ行くためのエレベーターへと誘導した。

「アジマさん。」

「あ、伊丹さん。よかった見つかって。」

まったく、速足爺さんは先にエレベーターの前で待っていた。もし私が階段を選んでいたらどうなっていたことか。

「さぁ、上に行きましょう。」

翁琉城の最上階は展望台のようになっていた。城州はもちろん、その先の海まで一望することができる。伊丹さんは再びファイルを開き、ガイドの続きを始めた。先ほどと同様、スペイン語、日本語の順に、ここでは眺望の説明をしていく。

「今日は晴れているから遠くまで綺麗に見えますね。この城の南には川があるから、昔は逃げ道を北の方角に作ってあったんです。ちょうどあの辺りが……」

対日本語の時間、ハンナは3階フロアを何周もしていた。15時間以上かけて日本までやってきた彼女に、時間潰しの徘徊をさせてしまい心苦しい。「もう、私は軽くで大丈夫です」という申し立てを検討したものの、爺さんの機嫌を損ねる可能性を考えると言い出すことは難しく、結局ハンナに待ってもらうことによって事なきを得る。

「どうですか？　住んでいてもなかなか知らないことばかりでしょう？」

「はい。」

「よかったよかった。では続いて2階へまいります。」

伊丹さんは満足げに目を細めると、再び驚異的なスピードで歩き出す。私はハンナを連れて老人の背中に食らいついた。

階段を下りると、そこは美術館のようだった。3階とはガラリと雰囲気が変わり、琴のBGMが流れる空間には展示物が並んでいる。

「WAO!」

ハンナが一目散に駆け寄ったのは、〝蛍丸国俊(ほたるまるくにとし)〟と書かれた日本刀だった。柄から剣先まで、相当な時間をかけて観察すると、彼女は周りも気にせず大きな音を立てて拍手をした。慌てて伊丹さんが話しかけると、ハンナは上擦った声で興奮を伝える。

「ははは。アジマさん。彼女はね、この日本刀が素晴らしいと言っているよ。」

でしょうね、とは口に出さなかったものの、そんなのはハンナの様子を見ていればわかるので通訳はノーセンキューだ。

「実はこの日本刀はね、観光客に一番人気があるんです。」

外国人の好みというのはわからないものだ。日本刀なんて、少し大きな包丁ではないか。

「歴史好きの間では幻の剣と言われています。というのも、この刀は太平洋戦争の後に行方不明になっていたのです。GHQの刀狩りによって接収されたとばかり思っていましたが、20年ほど前にこの城州で見つかったのです。当時は特大スクープとして取り上げられたのですが、アジマさんはまだ生まれる前なので知らないですよね。蛍丸の名前の由来は阿蘇惟澄(あそこれずみ)という武将が夢で――」

言葉も目の色も違う国の人からも好かれているこの刀の価値は、自分が想像している以上に高いのかもしれない。

ハンナは日本語ガイドが終わるまで、日本刀に釘付けだった。途中、通行人に話しかけ、刀の前で写真を撮ってもらっていた。

この2階フロアがボランティアガイドのラスト地点だった。天守閣での滞在時間は1時間弱といったところか。

正門までハンナを見送りに行き、私たちは最後に別れの挨拶をする。

「グラシアス」

初歩的なスペイン語を用いてハンナにお礼を伝えると、ハンナは私の手を握った。

「アジマ、アリガト。」

「ふっ。」

思わず吹き出してしまった私に、ハンナは「ゴメンナサイ。ワタシニホンゴウマクナイ」と眉を下げた。

「NO！　NO！　VERY　WELL！」

清いスペイン人を傷つけてしまったのだとしたら、入れ歯の爺さんのせいだ。

最後のガールズトークを楽しんでいると、別行動をしていた軍ヲタ老人とチャーミング爺さんが姿を現した。1時間ぶりだというのになんだか懐かしく感じる。

「やぁやぁ、今日はさっぱりでした。」

チャーミング爺さんは悔しそうにしていた。あれから何人もの観光客に声をかけたが次々と断られたらしい。

「ハンナ！」

空気の読めない軍ヲタの爺さんがハンナを慣れ慣れしく呼ぶ。

「ケタール？」

「ムイビエン！　グラシアス！　…アブラエスパニョール？」

「ウンポコ。」

老人は白髪を掻きながら照れたように笑っている。全く、最後まで空気の読めない爺さんだ。スペイン人なら何を言ってもわからないと思ったのだろうか。まさか汚い言葉が飛んできたとは思っていないであろうハンナは、汚れのない緑の瞳を細めていた。私は伊丹さんの皮と骨だけの腕を引っ張り、耳打ちする。

「あのお爺さんはやっぱり空気読めませんね。ハンナに向かってウンポコって言ってましたよ。」

「ははは。」

伊丹さんは大きく口を開けて入れ歯をむき出しにした。

「アジマさん、un poco は立派なスペイン語でね。英語でいう a little です。」

「え、そうなんですか？」

まさか最後にこんな恥をかくとは。しかもあの問題爺さんでさえスペイン語が話せるとは。悔しいが今日のところは完敗だ。

「ちなみにアジマさん、日本人がよく使う〝あの〟はスペイン人には言わないほうがいいですね。あと加賀まりこってのも。」

「どういう意味なんですか？」

「ははは、秘密です。」

ハンナの提案で最後に記念写真を撮った。フォトジェニックなこの城は、最後にいい仕事をしてくれたのである。

＊３＊

見送りを済ませると、老人たちは糖分を補いに行くというので私もそのまま同行することにした。腕章当番のチャーミング爺さんは返却してから向かうらしく、私は残りの高齢者2人とともにシャトルバスに乗り、駅近くの古びた喫茶店に入った。先客に老夫婦が1組、あとはカウンターの向こうにマスターが独り、いずれも還暦超えと思われた。ここまで年寄りたちに囲まれると、いよいよ寿命を吸い取られるのではないかと心配になってくる。

葉巻が似合いそうなマスターに促され、我々は手前のソファ席に腰を下ろした。

「今日はお疲れさまでした。やってみてどうでした？」

「想像以上に大変そうでした。これをボランティアでやっているなんて…みなさんを尊敬します。」

「ははは。嬉しい言葉だ。」

伊丹さんは運ばれてきたコーラフロートを眺めながら幸せそうに目を細めた。このまま天国に行ってしまわれては困るので、会話を続ける。

「伊丹さんは、どこで英語とスペイン語を習得なされたのですか？」

「長い間、貿易関係の仕事をしていたんです。英語、中国語、フランス語、ドイツ語、イタリア語に触れる機会が多かったものですから、いつのまにか自然と身に付いていました。スペイン語を覚えたのは最近です。」

「超人ですね。」

「いえ、おそらく知識を得ることが好きなんだと思います。」

「年をとっても物覚えは悪くならないんですか？」

「その分自由な時間があるからね。年をとると。」

伊丹さんは銀の長いスプーンでアイスを丁寧に口に運ぶ。

学びというのは、将来の自分の役に立たせるためにするものだと思っていた。それだけが全てではないことを伊丹さんの生き様から教わる。

「次回からは一人でできそうですか？」

「は、はい。」

ここは、早く腕を磨いたほうがいい。近いうち、翁琉城が特集される際に伊丹さんは間違いなく自分のライバルとなる。6カ国語が話せる高齢者は、かなりの強敵だ。

「伊丹さんが使っていたファイル、私もいただけますか？」

「これは私が自分でやりやすいように作ったものですので、差し上げることはできません。ただ、マニュアルはお渡しすることができるのでそれを使ってください。みんなそれぞれ工夫しながらやってます。アジマさんも、自分の個性を生かして頑張ってくださいね。」

「わかりました。ありがとうございます。」

「他に何かわからなかった点や聞きたいことはありますか？」

ここで、言うべきだろうか。喫茶店で聞いたシンジの提案は今日も一日中私の頭の中を渦巻いていた。

――何？　提案って。

――僕もボランティアに参加できないかな？

――これは東西南北の計画なんだけど。

――知ってるよ。でも僕だからこそ、東西南北の力になれるかもしれない。

私は息を長めに吸い、伊丹さんに向かって一気に吐き出す。

「あの！」

「はい？」

「私、負けません。伊丹さんたちに負けないくらい、いいガイドしてみせます。」

伊丹さんはアイスと一体化したコーラを一気にすすった。ズーズーと大きな音をたてるとストローから口を離し、氷だけが残った容器をしばらく見つめていた。永久歯の数は足りていないが、味覚は若者のようだ。コースターに水滴が3粒ほど滴ると、伊丹さんは顔を上げる。

「…やはり若者は覇気がありますな。頑張ってくださいね。」

伊丹さんは鞄から分厚い資料を取り出し、私の目の前に置いた。一つは翁琉城についての紙資料、もう一つは公益社団法人日本観光振興協会が発行している観光ボランティアガイドのマニュアル本だった。重たいお土産は持って帰る方も辛いが、持ってくる方も重いのである。私は仕方なく自分のバッグにしまった。

腕章を返却し終えたチャーミング爺さんが遅れて到着すると、伊丹さんは2杯目のコーラフロートを注文した。軍ヲタの爺さんが合間合間に陸海軍の話を挟んでくるが、最後まで誰も食いつかずに終わる。しまいにはテーブルに置かれた紙ナプキンで鼻をほじっていた。

「では、そろそろ行きますか。」

会計は別々にしてもらい、支払いを済ませたものから店を出た。老人にしては溌剌(はつらつ)としている3人に別れを告げる。私の次回の出動日は、来週の土曜だそうだ。

「もしもし？　次の土曜日、出動要請です。うん、そう。シンジくんが意外と役に立つかもしれないって、今日やってみてわかりました。ちなみに、モバイルプリンターって持ってる？」

＊　4　＊

スマホを一旦耳から離し電波状況を確認すると、どうやら悪くないらしい。伊丹さんとの通話は、高難度のリスニング力が必要とされる。

「アジマさん、どうしても来ていただきたいのですが。次の木曜か金曜のどちらか都合つきませんか？」

入れ歯による雑音を交えながら、おそらくこんなようなことを言っていただろう。なぜ呼ばれたのか、理由はもちろん想像がついていて、ただ、時期としてはもう少し後になると思っていた。

毎週金曜は華鳥が家庭教師に拘束される日で、そうなると木曜の方が勝手は良さそうだが、今週は自分がおチビに英語を教えるためババハウスに行く予定を入れていた。最悪、こちらは休めばいいか。テスト期間で部活がないくるみと、誘えばいつも来る美嘉は容易に連れてこられるだろう。

「木曜の学校帰りに向かいます。16時すぎには行けますよ。」

当日招集された伊丹オールスターズは総勢7名。伊丹さん本人、チャーミング爺さん、私に加えてくるみ、華鳥、美嘉、シンジだ。「伊丹さんのように上手にガイドができないので」という切り口から攻め、認めてもらおうと目論んだここ数週間。助っ人として呼び出し、半分パワープレイでねじこんだ感はありつつも、この4名の高校生も晴れてシルバーボランティアの仲間入りをしたのである。〝空気が読めない〟でお馴染みのあの爺さんは来ていない。

「みなさん、今日は来てくれてありがとう。実は先日テレビ局さんからね、事務局に連絡があったそうで。城を番組で取り上げたいとのことなんです。今日はその…関係者の方ですかね、1名東京から来ます。我々に話を聞きたいみたいなんです。正直私も詳しくはわからないのですが、よろしくお願いします。」

「取材なんて聞いてないよ。」

くるみは私に向かって口を尖らせた。

「いや、私も。」

もしかしたら電話口で言われていたかもしれないが、耳にうまく入ってこなかったのは伊丹さんの伝え方に問題があったはずだ——。うまいこと責任転嫁して、機嫌をとりもどそう。

くるみの取材に対する拒否感は想定内だった。むしろ他の2人を心配していたが、それは杞憂に終わったようだ。華鳥と美嘉は取材と聞いて笑顔が抑えきれていなかった。

肩にカーディガンを巻いた色付きメガネのオヤジが登場するのだろうか。オールスターズが翁琉城の門前に隊列をつくっていると、現れたのは自分の想像と一つも合致しない人物だった。

「遅くなってすみません！　エルミックスという制作会社でADをやってます、古賀(こが)です。今日はよろしく頼みます！」

20歳前後と思(おぼ)しき女性は、リュックサックが前に滑り落ちるギリギリのところまで頭を下げた。口調は潑剌としているが、イントネーションに若干の不自然さを感じてしまう。

「古賀さん。こんな田舎までよく来ましたね。」

「いえいえ！」

「ずいぶんお若いのですね。驚きましたよ。」

感心しているチャーミング爺さんにADコガは「こう見えてもう24歳です」と答えた。20代半ばであればおしゃれに敏感な時期だろうに、彼女は化粧すらしていない。薄手のチェックシャツは皺だらけで、派手な色使いのナイキのスニーカーは運動会の後かというくらい汚れていた。髪も金髪にはしているものの、リタッチを怠っているせいで脳天部分は地毛の黒に侵食されてきている。眉は無駄毛のようにすべて剃られていて、人相はかなり悪めだった。本当にこの人は東京から来たのだろうか。

「長旅だったでしょう。お茶でも飲みながら、ゆっくりお話ししようではありませんか。」

常ににこやかで感情の起伏が読み取りづらい伊丹さんは、今日も変わらずだ。しかし、初見のハンチング帽と上ずった声色から、気合いの入りようがうかがえる。オールスターズと眉なしADは、城の敷地内に立つ甘味処に移動した。抹茶と練り物のセットを人数分頼むと、伊丹リーダーは机いっぱいに資料を並べはじめる。

「こんなに沢山！　ご丁寧にありがとうございます。」

ADコガはそのうちの1冊を手に取ったが、4、5ページめくると早々に元の位置に戻してしまう。

「あ、でもデータでください！　後日でかまわないので！」

「…わかりました。」

温厚な77歳もさすがに少し顔を歪ませていたが、コガは悪びれることなくパソコンを起動させる。開いた画面にはすでに幾つかの質問案が打ち込まれていた。

「えっと、では幾つか質問をさせていただきます！　普段みなさんはどのようにガイドをするのですか？　じゃあ伊丹さんからお願いします。」

「はいはい。そうですね、実践してお見せするのが一番わかりやすいかと思いますが…口で説明をするとなると難しいですね。えっと鞄の中にいつも使っているファイルがあるので、それを——」

城のガイドですら長い伊丹さんが、こういう場合の受け答えで短いはずがない。ADコガの打つタイピング音の心地よさと、老人の退屈な説明のコンボは本来ならば眠気を誘うはずだが、テレビ番組の打ち合わせとなれば話は別だ。

伊丹さんのターンが終わると、チャーミング爺さんがそれに付け加える形で軽く話した。次は自分たちの番だ。考える時間は存分にあったのだが、いざコガと目が合うと言葉が出てこない。

「えっと…」

「高校生のみんなは、写真のサービスをしてるって聞いたんだけど、詳しく教えてもらえるかな？」

事前に情報を仕入れてきているのか。私は小さく開いた口を一旦閉じ、シンジに目でパスを送った。この質問への対応は彼に託した方が良いだろう。

「は、はい。おう…翁琉城には、いくつかのフォトジェニックスポットがあるので、そ、そこで記念写真を撮ったり…あ、あとガイドを受けながら回っている姿も撮らせてもらってます。げ、げん…い、今はコードレスの小型プリンターがあるので、それをつ、使えば帰りには現像して渡すことができます。えっと……僕はもともと写真を撮るのが好きで自分の腕磨きにもなるのでとても楽しいです。」

「なるほどなるほど。」

コガは何度も首を縦に振っていた。なかなか良い反応だろう。シンジのしどろもどろ具合にはむしろ感謝する。おかげで変なプレッシャーが取り払われ、とても喋りやすくなった。

「カメラ担当はぼ、僕ですが、ガ、ガイドはその子が……」

シンジが私を指さすと、甘味処にいる全員の視線が集まった。肩は上げず、息を丁寧に大きく吸い込む。認めたくないが珍しく手に汗をかいているようだ。

「東です。よろしくお願いします。」

「東っちね、よろしく。東っちは英語が話せるのかな?」

「はい。海外に住んでいた経験があるので、英語を話すのは一応私の役割になっています。ただ、歴史にはめっぽう弱いので、ガイドの内容はみんなに考えてもらっていて。」

〝みんな〟が指す3人の顔をコガは順番に見回す。

「…見事にみんな可愛いんやなぁ。」

くるみは小さく頭を下げ、華鳥と美嘉は誇らしげな笑みを浮かべた。

「あなた、いい人ね。わたくしは華鳥よ。よろしく。隣がくるみさん、その隣が美嘉さん。」

「どうもー。」

機嫌をよくした華鳥が急に場を仕切りはじめる。

「古賀さんは、関西の方なんですの?」

「あ、実はそうなんよ。抑えとったなまりがつい。」

「あら、抑える必要はないのに。」

「ほんまですか？」

「ほんまよ。だって初めましての挨拶をした時からイントネーションが不自然だわ。あなたは共通語を話しているつもりだったのでしょうけど。」

「こりゃまいったな。」

　生意気なお嬢様JKは誰に対しても上からの物言いで、もちろん本人が自覚していないところが玉に瑕だ。よほどの人間力がなければ彼女と初対面で2言以上の会話はできないだろう。ADコガは口調と外見から気が強い女かと思っていたが、笑顔で対応している姿を見るとそんなことはない気もしてきた。

「お嬢さん、いいキャラしとんな。ほんなら今からやりやすいように喋らせてもらいます。なぁ、一つ気になったんやけど、みんな制服がばらばらなのはなんでなん？てっきり同じ学校の友達同士でやってる思っとったけど。」

「私たちはみんな同じボランティア団体に所属していて。」

　細かく説明すれば長くなる話だが、簡潔にまとめるには、こう括るのが賢明だった。この1年あまりを端折らずに説明するには少しの時間とテクニックを要する。

「あぁ！　なるほど、そこで仲良くなったんやね。」

「そうなんです。」

「東さんの説明に補足すると、わたくしたちはこの翁琉城に東西南北から来ているの。わたくしは華鳥って名前だけれど、南から来ているから南さんって呼ばれているわ。」

「何それ、すごない？　その紹介オモロイからどっかに食い込ませたいけどなぁ。ディレクターと相談やわ。」

「本当ですか？　ぜひお願いします。」

私は、ありったけの誠意を込めて手を合わせた。ここで、懸念していたくるみを一瞥すると、なんと彼女は私のお願いに同調するかのようにADコガに向けて会釈をしていたのである。気が変わったのか、それとも嫌がるフリをして本心を隠していたのか、どちらにせよ自分にとっては好都合であった。

すべての質問をし終えると、ADコガは甘味処で飲んだお抹茶と練り物代を全員分精算した。

「東京の人間はやっぱり金もちじゃのう。」

チャーミング爺さんが冗談まじりに呟く。

甘味処を出ると、予想以上に空が暗かった。今日は傘を持ってきていないというのに雨が降りそうだ。シルバーコンビが私たちの分の腕章を返しに行ってくれるというので、ありがたくお願いした。オールスターズはこれにて解散となった。

「驚いたわ。まさか翁琉城が取材されるだなんて。私たちテレビに映ってしまうのかしら。みんなで出れば面白そうね。」

「僕は遠慮しとくよ。」

「何言ってるのよ。あなたがいないと。」

後ろを振り返るとシンジと華鳥が肩を並べて歩いていた。華鳥の何気ない一言にシンジが静かに喜びを噛み締めている。

「すっかりみんな仲良しだねー。」

私の右を歩くくるみも2人を見て目を細めた。

「ね。」

ひとつ気がかりなことがある。取材の途中から明らかに美嘉の様子がおかしい。いつもの美嘉であれば華鳥が話している間も笑顔でうなずいているはずなのだが、私の左にいる彼女は会話に参加する気配すらない。それどころかわかりやすく地面を睨んで、誰かに触れてほしそうにしている。この感じ、たしか以前にも……一体何が彼女をそうさせたのだろう。

「美嘉ちゃんさ、何かあった？」

「……」

何か聞き出そうにも彼女は口を閉じたままで、目も合わせてはくれない。

「ADの古賀さんの靴見た？　オレンジと紫と緑だったよ。毒キノコカラー。」

「……」

「ねぇどうしたのそんな黙って…」

「…あぁ！　もやもやするから、今の気持ち言っていい？」

突然叫びだした彼女に、その場にいた全員の危険センサーが発動した。みんなの動きが示し合わせたように止まる。

「……な…に？」

「どうせさ、私たちはただのボランティア仲間なんだよね。」

「へ？」

「だってさっき東ちゃん、古賀さんに聞かれた時に言ってたじゃない。私たちはボランティアでしか繋がってないみたいな言い方だった。」

「違う違う。そう括れば説明が早いかなって思っただけだよ。ほ、ほらそう言った方がわかりやすいし。」

「私たちは元々友達だったんだから。それ、ちゃんと言ってほしかったな。」

「……」

なるほど。怒りの原因は自分にあったようだ。私は言い返す言葉を探そうとしたが、すぐに放棄した。頭に血が上っている相手との会話は時間を置くのが賢明だ。

「まぁいいじゃないの。東さんも悪気があった訳じゃないんでしょう？」

華鳥からのお節介な助太刀に、私は大人しくうなずくことにする。

美嘉は無言のまま歩きだした。彼女は昔からこんなに面倒な子だっただろうか。私たちも再び前に進み出す。なんて重たい足なのだろう。

3日も経てば美嘉の怒りも収まるだろうと思っていた私は、そのまま彼女を放置した。実際、修復にはそれほどかからず、翌日にはお詫びと取材に対しての情熱を綴ったメッセージが送られてきたのである。

しかし、そう簡単に物事は進んでくれない。撮影当日、くるみは翁琉城に姿を現さなかった。

＊　5　＊

「お母さん、もう始まる！」

洗い物中の母親に向かって叫ぶ。あわてる様子もなく、布巾で手を拭きながらソファに腰を下ろす母を背後で感じた。

「ゆう、そんなに近くで見ると目を悪くするよ。」

「ノープロブレム。」

緊張を母親に悟られないように、50インチテレビに向かって返事をする。私の座った位置は確かに少し近すぎたが、今更移動するくらいなら目を悪くした方がマシだった。

『さぁはじまりました！ ホントに聞いたニホンの本気（マジ）スポット！』

司会者のアップカレー下田がタイトルコールを叫ぶとクレーンカメラが引いていった。スタジオにいる4人のゲストが映る。

『ちょっといいですか？』

『おお、なんだ。始まって早々言いたいことがあるようだな。』

『タイトルやばないですか？ ホントとニホンで韻踏んでるんやから本気もそのまま読ませればいいのに、なんでそこだけ変えたん？ 本気と書いてマジって読ませるとかめっちゃダサいですやん。』

『ダサいっていうな。色んな人に謝れ。』

珍しくキレのないアップカレー下田のツッコミと、無理やり足された録音笑いがテレビから切なく漏れる。

『それでは早速こちらのVTRへと参りましょう。』

――今日紹介するスポットは翁琉城。この地域は城州地方と呼ばれ、かつては数多くの城が立っていました。しかし、今も残るのはこの翁琉城のみ。たくさんの観光客が訪れるこの城は地元の方々からも愛されています――

城のインサートに合わせたナレーションが流れ終わると、先日撮影で一緒だったアナウンサーが映し出された。

『さぁ、私はいま翁琉城に来ています。ここにはなんと77歳で6カ国語を話すという超名物ガイドさんがいるとのこと。実は今日、お越しいただいているので早速呼んでみましょう。伊丹さーん。』

声高らかに招き入れると、ハンチング帽を被った老人が画面に登場する。伊丹さんは実際にスペイン語、中国語を用いて自己紹介をした。

『伊丹さん、ありがとうございました。』

凄技老人はやりきった表情で去っていった。長々と翁琉城について語っていた部分は丸々カットされたようだ。字幕で補いきれないほどの滑舌だったのか、単に話が長かっただけか、理由はわからない。

『この翁琉城には他にも魅力的なおもてなしをしている方がいるそうです。なんとそれを行っているのが…学生さんなのです！　お話伺ってみましょう。どうぞ。』

馴染みのある顔たちと、生まれた時から世話になっている顔がフレームインしてきた。番組が開始してから上昇し続けている心拍数がＭＡＸに達する。

『よろしくお願いしまーす。』

４人がアナウンサーの横に並ぶと、ひとりひとりに名前のテロップが足されていた。華鳥蘭子、亀井美嘉、工藤真司、東ゆう……自分はついにテレビデビューを果たしたようだ。

『みなさんは放課後や学校がお休みの日にここへ来て、ボランティアでガイドをされているんですよね？』

『そうよ。初めましての方との交流は、とっても楽しいですわ。』

華鳥が一言しゃべり終えると、画面は一瞬スタジオへと切り替わる。

――いや、ですわ、って！

ギャル系モデルの妻を持つ芸人が華鳥に向かってツッコミを入れた。後方から母の笑い声が聞こえてくる。

『みなさんのガイドは役割が分担されていると伺いました。』

『はい。私はコミュニケーション担当で、このファイルを使って英語で説明をしています。』

記憶と画面の私が重なった。目の前の液晶に大きく映し出された人物は確かに自分自身だったが、少し違うように思えた。他人からは普段こう見えているのか。鏡や自撮りで見ている顔よりも格段に悪く映っている。

話し手がシンジに変わると、足がしびれていることに気がついた。自分は長いこと正座をしていたらしい。

『ぼ、僕は…写真を担当しています。』

シンジの肩の上がり具合は、冗談みたく不自然だった。超なで肩の猫背が本来の彼の姿だというのに、いかり肩になっているせいで首が埋まって見える。

――ピコ。

テレビ画面をスマホのカメラで撮り、一言添えてシンジに送りつけた。

（ジャミラ発見！）

「高校生のみなさんありがとうございました。」

送信が完了した頃にはもう私たちの出番は終わっていて、アナウンサーが翁琉城を探索している映像が流れていた。実物はテレビで見るよりも華奢で柔和な雰囲気の女性だったな、と撮影の日を思い出す。

「ゆうたちの出番終わっちゃったね。」

「うん。」

私はしびれた足をかばいつつ、床からソファにお尻を移した。

「この日ロボコンの子は？　いつも一緒にいるじゃない。」

「いつもはいるけど来なかった。時間過ぎても来ないし電話かけても繋がらなくて、もう大変だったよ。なんか前日に携帯失くしたんだって。」

「へぇ、心配だったね。」

「うん。取材受けられないんじゃないかと思った。みんな探しに行くとか言い出すし。」

「……そっちか。」

「何そっちかって。」

「さ、お母さんは洗い物の続きしなくちゃ。」

翁琉城のＶＴＲが終わり、再びスタジオの映像に戻ると、絶望的な滑舌の芸人が伊丹さんに一方的な勝利宣言をしていた。スタジオは和やかなムードに包まれる。番組のエンディングには、番宣で来ていた俳優が私たち高校生のことを褒めた。くるみ抜きの状態でこれだけの成果が生まれれば万々歳だろう。

放送の翌日、横殴りの雨が降っていたが気持ちは珍しく弾んでいた。バッグにはタオルとヘアアイロンを忍ばせてある。そしてこの日はいつもより登校を遅らせた。

「昨日見たよ！」

「英語ペラペラでかっこよかった！」

教室に入ると、待っていたクラスメイトに囲まれた。廊下では初対面の生徒からも声をかけられ、購買に並んでいると後輩の女子に写真を求められた。

放送から2日目、私は起床時間を早くし、化粧とヘアセットに倍の時間をかけた。登下校中もいつ見られてもいいように、常に目を大きく開けて歩いた。

放送から5日が経った頃――――私は気づいてしまった。

「あら、東さん家のゆうちゃん。学校帰り？」

「はい。こんにちは。」

「この間テレビ見たわよ。偉いのねー学校行きながらボランティアなんて。」

「ありがとうございます。」

「どうしたのそんな怖い顔して。」

「いえ、なんでもありません。さよなら。」

もう、そのことについて触れてくるのは団地に住む年寄りくらいか。放送から1週間が経過すると、代わり映えのしない日々が廻っていることに憤りを感じずにはいられなかった。

私は、状況が変わるのを待っていた。しかしそんな日など待っていても訪れないのではないか。変わりたい、そう思った日から自分はこんなにも変わっているというのに。

視聴率が8パーセントの番組に出て、仮に800万人が自分のことを見てくれたとしても、800万人がそれを忘れてしまっては何も残らない。田舎の中で寄せ集められた私たちが、田舎の中で有名になっただけであった。

そのことに気づいてしまった日の夜、夢というものはどうすれば叶うのか本気で考えた。

――まさか受かるとは思ってませんでした。たまたま応募したら受かっちゃって。

でもあのときオーディションを受けてなかったらここにはいないんですもんね。

私の憧れ。綺麗な黒髪のその人は、インタビューでこう語る。同じ人間だというのに、生きている世界が違って見えた。満足できる場所に立っているのだろう。だからこそ分岐点での選択が正しかったと言い切ることができるのだ。こんなにも自信に満ち溢れた表情で。

私は――どこで間違えたのだろうか。

番組が放送されてから、私が翁琉城に行くことは一度もなかった。伊丹さんからの電話も全て無視していた。しかし連続して鳴り響く着信音に、心の痛みは強まるばかりだ。私は渋々通話ボタンを押した。

「…も…もしもし。」

「あぁ、アジマさん。やっと出てくれた。最近忙しいですか？」

「ちょっと勉強時間を増やそうと思って。」

ベッドに横になりながら、私は老人に嘘をつく。

「そうですか…実は、会っていただきたい方がいまして。近々また顔を見せに来てくれませんか？」

自分にはもうボランティアをしようという気持ちは残っていない。なんの見返りも求めずに人に尽せるほど、お人好しではないのだ。

「都合が合えば行きます。また暇な日に連絡します。」

どうせ、ボランティアの新入りを紹介されるのだろう。新入りといってもどうせ高齢者だろうが。

私はその夜、電話帳から伊丹さんのデータを消した。

東西南北が集う頻度も少なくなった。それでも週に1度はフードコートでたわいのない話をする。撮影に来なかったからといって、くるみと気まずくなることはなかった。責めたい気持ちはあったが、関係を保ちながら責める方法がわからなかった。

今日も無意味な学校生活を終える。慌ただしく靴を履く野球部員たちを横目に、わたしはいつものようにトイレへ向かった。放課後のトイレは空いていてメイクがしやすい。ビューラーをライターで炙り、熱の力でまつげを極限まで上げげたら完成だ。ローファーを履いて歩き出し、校門が見えてきた時、足に急ブレーキがかかった。今あそこに立っている人物を私は知っている。しかし、彼女がどうして――。

「ああ東っち！　会えて嬉しいわぁ！」

「古賀さん！　なんでいるんですか？」

「今日はお休みなんよ。」

「休み……」

今日の彼女は前に会った時より綺麗になっていた。眉毛は描かれているし、ベースメイクがしっかりされているためオイリー感もない。ハイトーンの髪も根元がリタッチされていた。

「それで、みんなに会いにきた。社会人3年目、崖っぷちADからお願いがあるんや。」

ADコガが頭を下げるとリュックが勢い良く前へ滑り落ちる。慌てて彼女を助けると、ADコガは恥ずかしそうに笑った。

第八章　救い主　～毒キノコAD～

＊ 1 ＊

「嘘だ…こんなうまい話……」

あまりにも突然で喜ばしいサプライズを受けた私は思わず舌を噛んだ。痛みは感じるし、鉄の味もちゃんとした。コガが話す内容は私の耳にはうまく入っているようだが、脳はすでにオーバーヒートしており理解と整理が追いついていない。時間とともに状況を飲みこむと、心臓のあたりからこみ上げてくるものに気づく。人によってはそれが涙に変わるのかもしれないが、自分ははっきりとした視界で空を見上げていた。

この先、どんなにお金のかかった誕生日の祝われ方をされようとも、エッジの利いた情熱的なプロポーズをされようとも、この感動を超えることはないのではないだろうか。

「古賀さん、この束にお任せください。」

私はコガを連れてフードコートへ急いだ。すでに3人はいつものソファ席でくつろいでいる。

「遅くなってごめん。」

「あら、この前の！」

異変に最初に気づいた華鳥が席を立ち、今日も劇的に驚いてみせた。衝撃を受けると目鼻口を大きく開ける以外、彼女の表情にレパートリーはない。

「どうしてここに？」

「じゃあ古賀さん、みんなに説明をお願いします。」

コガは「ハイ！」といきすぎた声量で返事をした。今日のフードコートは人が少ない。彼女の返事は広範囲に響きわたり、フードコート内に併設されたミスドの店員がこちらを訝（いぶか）しげに見つめてきた。

「あの実は自分…この前取材した番組の他にもう1個かかえてまして。」

――コガが受け持つもう一つの番組。それは誰もが耳にしたことがあろう金曜の深夜のバラエティ番組だった。始まって5年になるらしいが、今年になってから視聴率が伸び悩んできているという。そこで、先週の会議では構成をイチから立て直す方向で話が纏まったらしい。

「そっちの番組にな、出てもらいたいんや。」

「私たちが？」

「もう、自分だめやって思ってたそんな時に翁琉城でみんなに会って。面白い子たちを見つけましたって、企画会議で話してさ。したら、じゃあお前やってみるか？ってプロデューサーから言ってもらえて。任されるいうこと、今までなかったからさ…初めてのチャンスなんや。どうか、頼みます。」

同期が続々とADからディレクターになっていき、そこに追い討ちをかけるように「やっぱりお前は番組作るのに向いてねぇな」と先輩から嫌味を言われたのが先月のことだとコガは話す。

ADコガもまた夢を叶えるためにもがき、焦っているのであった。

くるみは口を膨らませながら首を捻る。

「でも学校のこととかあるし。」

「くるみっちの学校は芸能活動禁止なん？」

「それはわかんないです。前例がないから。」

前例がないのはうちの学校だって同じだ。くるみの通う西テクノ高専は制服もなければ髪の色もピアスの穴も自由なのだから、むしろ東高よりも校則はゆるいはずだ。西テクノうちでは長期休みのみ認められているバイトも、高専では特に縛りがない。西テクノで禁止だとしたら、美嘉の通う進学校も、華鳥の通うお嬢様学校も許可がおりるわけがないだろう。しかし自分がこの前テレビに出た時、担任からも生徒指導の学年主任からも、注意されることはなかった。ボランティア活動としての露出だったからだろうか。理由はどうであれ、東高の生徒手帳には禁止とは書かれていなかったはずだ。

くるみは学校を口実に逃げるつもりなのではないか。翁琉城の取材の時のように。

しかし、今回はそう簡単に逃すわけにはいかない。

「なぁ、お願いや。収録日もみんなに合わせるし、もちろん親御さんにも説明する。東西南北っていうキャッチーさが必要なんや。だからみんなで頼みます。」

「うーん…」

コガは今日だけで何度目かわからないお辞儀をする。あと何回このつむじを見れば、みんなが頷くのだろう。

くるみは表情を曇らせたままだった。他の2人も、軽々しく言葉を発しようとはしない。その間、コガはずっと頭を下げていて、私は口火を切らずにはいられなかった。

「ねぇ、みんな。古賀さんもわざわざ来てくれたんだしさ、協力してあげようよ。」

「……私は賛成。」

テーブルに肘をついたまま美嘉がだらしなく手を挙げる。

「古賀さん、お気持ちはわかったからもうお顔をあげてちょうだい。」

華鳥に従って体勢を元に戻すも、コガの表情は明るくはなかった。

「どんなことをするか、具体的に教えてくださる？」

「はい。それじゃ現状考えていることを話します――」

週に1度の30分番組。私たちがコガからオファーを受けたのは、その中のちょっとしたコーナーだった。

東京では毎週のように何かしらの〝フェス〟が開催されているらしい。定番の野外音楽フェスは夏の風物詩だが、季節を問わずにグルメ系の肉フェスや激辛フェス、最近では占いフェスというものまであるという。

現在コガが考えている企画は、私たち高校生が様々なフェスに足を運び、出店者や来場客にアポ無しで取材をするというものであった。人気タレントだと囲まれてパニックになる危険があるし、売れない芸人だと取材を断られやすい、まさに素人女子高生がぴったりなのだ、とコガは話す。

「まだ、こっから詰めていく必要があるとは思うけど、それはみんなとも相談しながらできればと。」

「話だけ聞くと楽しそうね。でも私の学校も色々規則があるわ。」

「実際そうやろうな。まぁすぐに返事出していうのは無理やと思うから、今週中に連絡もらってもええか？　これ、連絡先。」

コガは4枚の名刺を机の上に置いて立ち上がる。

「みんな、せっかくの放課後やのに時間もらっちゃってごめんな。また会えることを期待してるで。」

――あれ、大河くるみじゃね？

――隣のはテネリタスの華鳥だよ。

――すげえ。お前話しかけてこいよ。

――いや、無理だって。俺たちなんか相手にしてくれねぇよ。性格くそ悪いらしいし。


「南さん。相手にしちゃダメだよ。」

「どうしてよ。あんな言い方されて黙っていられないわ。」

「ああいう人たちは放っておくのが一番だから。」

「……」

「ねぇ、南さんは、どう思った？」

「さっきの番組の話？」

「うん。」

「すっごく興味あるわ。」

「受験生なのに？」

「ええ、周りはそう言うでしょうけど。くるみさんは？」

「悩んでる。自分にとって、今何を大事にすべきか。」

「そんなのわからないわよ、わたくしにだって。」

「……」

「大丈夫、きっと大丈夫よ。とりあえずやってみましょう。」

＊ 2 ＊

「あ、もしもし古賀さん、全員許可おりました！」

収録は週に1回、必ず土日祝日。学校の心配もいらないし、交通費に加え毎回500円のお小遣いも出る。嫌になったらいつでも相談可能という条件つきで3人の同意を獲得した。

放送開始後、トントン拍子で1ヶ月が経った頃だった。お試し期間だったはずの私たちのコーナーがレギュラー化したとコガから告げられる。華鳥の強烈なキャラクター、くるみの破壊力抜群の笑顔、美嘉の万人受けするルックスで、東西南北はほんの少しの需要を生んだ。それによって、一度は失いかけた私の夢にも再び道すじが見え始めたのであった。

「すみません古賀さん。ちょっといいですか？」

「何や東っち、そんな怖い顔して。」

私はいつものようにロケを終えると、コガに声をかけた。3人には先に帰りの支度をしていてもらい、私はコガを人気のないところへと連れ出した。

「どーしたん？」

「あの、私たちって事務所とか入らなくていいんですか？」

「ああ。今のところは必要はないで。安心してや。」

「いや、むしろ入りたいなぁなんて。」

「ほー。」

コガは顎を触りながら考え出した。彼女はADコガではなくなった。私たちのフェス企画が成功したため、ADからディレクターに出世したのだ。おかげで、最近の彼女は以前よりも頼もしい背中をしている。

「ちょっと色々聞いてみるわ。」

「ありがとうございます！」

翌日コガから電話がかかってきた。収録のスケジュールはメールで送られてくるため、昨日相談した件についてだとすぐに察する。

「あぁ東っち？　昨日話した事務所の件やけど、ツテで紹介できそうな所あるわ。」

「本当ですか？」

事務所の名前はマルサクト。聞いたことはなかったが、HPを見ると知っている女優が1名所属していた。

「うちの方からもざっとは説明しといたけど、事務所の人間が実際に会って話したい言うてるわ。東京いつこれそう？」

「次の収録の後でも大丈夫だったらそうしたいです。」

「オケー。んじゃあ、今度の日曜か。伝えとく。」

「お願いします。」

電話を切ると私は机に向かった。日曜まであと6日もある。私は引き出しからルーズリーフとペンを取り出した。

コガの紹介のもと、私は一人で事務所を訪れた。他の3人には買い物をしてから帰ると伝えてある。長いまつ毛エクステが取れかけている受付嬢に「18時から面接の…」と伝えると奥の部屋へと案内される。そこは全面ガラス張りで赤いソファがどっしりと構えた、なんとも落ち着かない部屋だった。会議室のようなきっちりとした面接会場を想像していた私は急いでシミュレーションをしなおそうとするが、もう遅い。

グレーのジャケットを羽織った男性が扉に手をかけていた。

「お待たせ、東さん。」

黒めの肌に白い歯を大胆に見せた男性は、勢いよく部屋に入るとソファにドスンと腰掛けた。

「サァ、どうぞ座って。」

「あ、はい。」

「俺はマルサクトの遠藤。古賀から話は聞いているよ。番組も拝見させてもらった。ぜひうちにと思ったんだけど、まぁまずは君がどういう人間なのか教えてくれるかな？」

手始めに、自己PRってやつだ。がっちりとした体型は私に妙なプレッシャーを与えてくる。こういう時に緊張しているようでは、これまで数々の困難をくぐり抜けてきた意味がなくなってしまう。私は力の入った全身を意識から切り離した。

「はい。小学4年生から中学2年生までカナダにいたので英語を話せます。男の子には興味がなくて、今まで誰とも付き合ったことがありません。ダンスと歌を独学で練習しています。SNSは将来残り続けるのが怖くて一切登録していません。アイドルになりたいです。よろしくお願いします。」

グレージャケットの事務所の男は険しい顔で硬直した。何か変なことでも言っただろうか。

「……」

「……アイドル志望なんだ？」

「はい。昔からの夢なんです。」

「……なるほどね。」

「あの！　今一緒に番組をやっている子達と、みんなでアイドルグループをつくりたいんです！　これ、資料です。」

私は3人のプロフィールをまとめた紙を男に渡した。

「え、何これ？　君が作ってきたの？」

「はい！」

南＊華鳥蘭子。お金持ちで、見た目も、口調も、学校も全てがお嬢様。家にプールまであります。顔立ちは派手ですが少し古風な感じもあって、『エースをねらえ！』のお蝶夫人を実写化した感じの子。本当にテニス部だったのですがレギュラーになる前に辞めました。上から目線な発言が鼻につきますが、悪気はないのでご愛嬌です。

西＊大河くるみ。もともと地元で有名な子。可愛い顔だちに、プログラミングという特技もあり。ロボコンで全国2位、高専のヒロイン。全国に彼女のファンがいます。身長は１５０センチの小柄。いつもダボついた服を着ています。

北＊亀井美嘉。髪もネイルもいつも綺麗に保っていて、美容に抜かりがないです。美形なので性格もキツく見られがちですが、優しいです。ボランティア活動をずっとしています。


「へぇ…すごいね。」

「ありがとうございます。みんなとっても個性豊かです。」

「君が一番個性的だろう。俺はこの業界に入って20年になるけれど、君みたいな子は初めてだ。この子たちもみんなりたがっているの？　アイドルに。」

遠藤は白いインプラントの歯をひけらかすように笑った。

「アイドルになりたくない女の子なんているんですか？」

「そりゃ沢山いるだろう。」

「みんな言わないだけで、心のどこかでは夢見ているんじゃないかってわたしは思います。」

「残念だけどそんなに美しい世界じゃない。それに、アイドルって言葉だけで嫌悪感を示す人もたくさんいる。」

「……」

「悪い。これを俺の意見と捉えないでくれ。」

「……」

「俺のモットーはね、勇往邁進（ゆうおうまいしん）なんだ。君はまっすぐな人だ。せっかくコーナーを持っているんだし、番組と連動して何かできるように動いてみるよ。古賀にも伝えておくから、今日はもう帰りなさい。」

嬉しい言葉のはずなのに、なぜか冷たく聞こえた。遠藤は最後まで胡散（うさん）臭い白い歯をむき出しにしていた。偽物の歯から飛んできた言葉など、本物ではない。アイドルの世界が美しくないなんて、やはり私には信じることはできなかった。

＊　3　＊

「おや、いらっしゃい。」

「どーも。」

数ヶ月ぶりに会うマスターも、客の少ない店内も、相変わらずで安心した。前回ここへ来た時は翁琉城でのボランティアをはじめる前だったはずだ。

「おまたせ。」

「久しぶり。」

すでに到着していた彼に軽く詫びる。シンジと最後に顔を合わせてから確かに数ヶ月が経っていたが、その間も頻繁に連絡は取り合っていたし、自分の感覚としては〝この前ぶり〟なのである。

「久しぶりって、そんなに経ってなくない？」

「でもほら、この前まで僕たち週に何度も会ってたし。」

「変な言いまわししないでよ。」

「ごめん。」

ちゃんと釘を刺しておかなければ、フロアにいるマスターに勘違いさせてしまう。私は本気で注意したというのに、シンジは笑っていた。

「すごいよな。この前まで英語ボランティアをしてると思ったら、今はふつうにＴＶでてるし。翁琉城をまんまとふみ台にして。」

「否定できないけど、ふみ台って言わないでよ。」

「ボランティアのみんなは少しさみしそうだよ。あ、でも東さんが前に進むことをみんな望んでる。高齢者軍団を代表して伝えます。」

「シンジくんも、無理に続けなくていいのに。」

「元はと言えば自分でやりたいって言い出したことだから。人に喜ばれて、カメラの腕も磨ける。僕にとってはいい環境だよ。」

「いい環境か、羨ましい。私は昨日、事務所の面接してきた。」

「入りたいって言ってたもんね。」

「うん。」

「どうだった？」

「多分いけると思う。」

「そっか。よかったね、東さん。」

シンジには電話ですべて伝えてある。思った以上に翁琉城の反響がなかったことも、伊丹さんの連絡先を消したことも、コガが現れたことも、私は逐一彼に報告していた。

「今どんな気分？」

「どんなって…ついにここまで来ちゃったって感じかな。でも安心するのが怖い。本当に夢叶っちゃうのかなって。でも怖いの何十倍も嬉しい。」

誰にも伝えることができなかった喜びをシンジに伝えると、抑えていた感情が一気に解放される。

「そっか。」

得意のニヤリではなくニコリと笑う彼は珍しかった。

「ねぇ、なんで今日喫茶店に私を誘ったわけ？」

「特に理由はないんだ。ただ、ゆっくり話がしたくなって。」

「なんだ。」

「東さんとこうして2人で会うことも、もうできなくなるのかな。」

「……」

手元のアップルジュースをぼーっと見つめ、そのことについて考えてみる。このまま上手くいけば、こうして2人で会うこともできなくなる。喫茶店で行ってきた秘密会議はいつの間にか必要なくなっていた。器用でない私は、ちょうどいい言葉が出てこない。

「最後に東さんとデートできてよかったよ。」

「は？　デート？」

「うん。だって今日は別に作戦会議でもないでしょ？　ただ会っているだけ。」

「……」

シンジの言っていることは、間違っていない。私たちが今していることはデートだ。たとえ自分たちはそう思っていなかったとしても、そう見える行動をしてしまっている。

沈黙が続けば続くほど、次に発する言葉にプレッシャーがかかっていく。「彼氏ずらすんな」「調子のんな」「デートなんて思ったことないわ」浮かんでくる言葉を次々に消していくと、最後には何も発したくなくなった。

「あ、そうだ。5年の清水って人知ってる？」

特に気になっていることではないが沈黙を遮るのにちょうど良い話題を思い出す。少し前のことになるがあまりに印象的な出来事だったため、今でもはっきりと覚えていた。

「知ってるよ。なんで？」

「工業祭でくるみちゃんにアプローチしてきたから。バンド見に来てって。」

「うわ、まじか。」

「その反応的にやばい人？」

「清水はRPGのキャラの名前〝くるみたん〟にしてるくらいやばめのやつ。」

「ひっ。」

「結局くるみちゃんは清水のバンド見に行ったの？」

「いや、色々あって私が行った。」

「まさかの東さんが？　なんでさ？」

大きく笑うシンジを見ると、安心する。シンジの笑い方は静かだ。手も叩かないし、変な擬音も発さない。鼻の下と口元だけはだらしがないが、彼の動作にはいつも品があった。

「もう工業祭に東さんが来ることなんてないだろうな。」

「なんでよ、行くよ。」

「無理だよ。テレビ出てる芸能人なんだから。ましてやこれからアイドルになるんでしょ？　このど田舎で4人はすでに有名人な訳だし。身動き取れなくなるよ。」

「そんなことまで制約されるのか。でもそれを望んでる自分がいるから、悲しくはない。」

「僕と会えなくなるのは？」

「それはちょっと悲しい。」

「もうその言葉が聞けただけで、僕は今日東さんを誘った甲斐があったよ。」

シンジはコーヒーを見つめ苦しそうに笑った。

「最後に一つだけ聞いてもいいかな？」

「なに？」

「どうして東さんは、オーディションを受けてアイドルになろうとしなかったの？その方がよっぽど近道なのに。」

「さぁ……なんでだろうね。」

この日、マスターはお金を受け取らなかった。代わりにサインを求められた。キッチンの奥の方から引っ張り出してきた色紙に、ハイマッキーの太い方を使って書く。形はひどく不格好になってしまったが、これもご愛嬌だ。なにせ初めてのサインなのだから。

「じゃあまたね。」

「うん。またいつか。」

弱々しいシンジの後ろ姿が見えなくなると、私は彼と逆方向へ歩きだす。まさかあんな背中をした人が、あんなにも猫背でダサい服を着た人が、自分にとって頼もしい存在になるとは…誰が想像できただろう。

――どうしてオーディションを受けなかったの？

いなくなってからも頭に残る彼の言葉。

「全部落ちたなんて、かっこ悪くて言えないや。」

第九章　方位自身

＊　１　＊

スタジオ収録はこの日が初めてだった。

テレビ局といえば球体がくっついた建造物が最初に思い浮かぶ。幼い頃からあの球の中に入ることに憧れていた私は、ＡＤコガに指定された場所に着くと軽いショックを受けた。年季の入った、地味な造りの非近代的建造物。敷地の広さこそあるが、隣に立つ商業ビルの方がよっぽど綺麗ではないか。

警備員の突き刺すような視線に耐えること5分、ついに親愛なるコガが姿を現した。もちろん仕事モードの彼女に眉は描かれていない。始発電車ではるばる2時間かけて東京にやってきた私たちを特にねぎらうわけでもなく、コガは無垢な女子高生たちを誘導しはじめた。

「古賀さん、今から何するんですか？」

「それは言えんのよ。さ、スタジオ着いたで。ここが撮影回すDスタや。」

見るからに重たそうな扉の前で、コガは足を止める。

「そんなみんなでぎゅっと固まってないで早う入り。お願いしますってでっかい声で言うんやで。私も一緒に入るから。」

「……」

「黙って突っ立ってないでほら。せーのっ…」

震える手に力を込め、扉を開けると待ち受けていたのは何台ものカメラだった。一番大きなカメラの前には見覚えのある男性が立っている。あの体格にグレーのジャケットは、マルサクトの遠藤だ。

『さぁ、どうぞこちらへ』

私たちは遠藤の前へと促される。その間もカメラは私たちを捉えているのであった。

『突然ですが、今日集まってもらった皆さんに、僕の方から話があります。』

心臓が止まってしまったのではないかと思ってしまうほど、私以外の3人は硬直していた。遠藤という男の正体、そしてこれから起こりうる出来事を知っているのは4人の中で私だけなのだ。

『東西南北の企画が好評らしく、皆さんにはこの番組のエンディング曲「方位自身」を歌ってもらうことになりました。』

構えられていたハンディカメラが一人一人の顔面に近づいてくる。私はアングルを気にしながらも驚いた表情をしてみせた。

『さっそくですが歌とダンスのレッスンが入ると思います。あとは、事務所に所属するにあたって保護者の方へのご説明や、ご記入いただく書類がありますので……』

この時の様子は翌週の番組で放送された。数ヶ月前までは素人女子高生がやるアポなしフェスレポートだった企画は、アイドルになっていく成長ヒストリーになった。

「わたくしたち、このままどんどん別世界へ連れて行かれるのかしら。」

「くるみは今すぐにでも逃げ出したいくらい。」

「不安な気持ちもわかるけど、これまでもなんとかなってきた。きっとこの先も流れに逆らわずに生きていけば、なんとかなってしまうのよ。」

「南さんはさ、いいの？　普通の高校生活送らなくて。」

「ええ、注目されることは元々嫌いじゃない。それにみんなで過ごす毎日はとっても楽しいわ。」

「そっか…そうだよね……」

「……くるみさん、泣いてるの？」

＊ 2 ＊

事務所に所属すると、番組のエンディング曲を歌うだけでなく、他の仕事も入ってきた。毎月買っていたアイドル専門誌の1ページ、そこに自分が載れると知った日は嬉しくて団地の階段を1つ飛ばしでかけのぼった。

同時にブログも開設された。SNSをやってこなかった自分は人を惹きつけるテクニックを備えていないことに初めて気づかされる。

くるみは載せる画像の9割がお手製のロボットで、残りの1割が自分の写った写真だった。その破壊力とレアさで、コメントの多さではくるみがぶっちぎりとなる。最新の投稿ではウサギゴムを使った髪の結び方を写真つきで上げていて、コメント数は1000件にも及んでいた。

華鳥は毎回ごきげんようから始まり、何件もの質問返しをしていた。意外にもマメなお嬢様は聞いてもいないのに、今年の正月に買いに行ったパソコンを使っているのだと自慢気に鼻を鳴らしてくる。

コメント数はくるみ、華鳥、美嘉の順になっており、自分は最下位であった。アイドルに対しての情熱はこんなにもあるというのに、それを巧(うま)く発信できない自分に腹が立っていた。

情報化社会の中、私たちはすぐに身元が特定された。4人がボランティアをやっていたこと、くるみがロボコンにでていたこと。すべて先回りしたかいがあった――

そう確信していたのに。

予期せぬ事件がおきてしまう。

レッスン中のことだった。マネージャーから美嘉だけが呼ばれ、何時間経っても戻って来なかったのだ。

「美嘉ちゃんどうしたんだろ？」

私たちはレッスンが終わってもそのまま部屋で待たされた。数時間後に帰ってきた美嘉は目を腫らしていた。

「何があったの？」

「写真が…彼氏との…ごめん…」

私はすぐに状況を飲み込んだ。

「最悪。」

その場で美嘉の名前をネットで検索する。問題の画像はすぐに出てきた。

ペアリングの写真に3年記念日と添えられた画像のスクリーンショット。相手の男性は〝にこきっず〟の一員だった。流出元は彼のツイッターだろう。驚いたことに、それがアップされていたのは先週だった。2人はまだ付き合っている。

じゃあどうして彼女は本屋で出会った時に『愛に生きない若者たち』を読んでいたのか。それだけで彼氏がいないと判断した自分も詰めが甘かった。せっかくボランティア活動をしていた過去を見つけてもらえたというのに、これも同時に出てしまっては水の泡だ。

結局美嘉はなんの処分もなしで活動を続けることになったが、しばらくの間私たちに笑顔を見せなかった。こちらからかける言葉も見つからない。東西南北が揃うことに意義があることをわかっている以上、彼女に辞めてと言うことも出来なかった。

翌週の放送終わりに、『方位自身』をライブ形式で流してもらえることになった。1ヶ月にも及ぶレッスンの成果がようやく発揮できる。

「はい、これ東さん。あとのみんなはここからマイク取って行って。」

リハーサルの直前、私以外の3人はダミーのマイクを配られた。要するに口パクということだ。

「なんで私一人だけなんですか？」

「周波数の問題だ。」

「歌を届ける、ダンスで魅せる、それがアイドルじゃないんですか？」

そう口にした途端、楽屋の空気が一変した。大人たちが皆、嫌な顔をしたのだ。

「で、でもわたくしは歌が苦手ですし、助かったわ。」

「南さんさ、苦手って思うんだったら練習すればいいじゃん。」

呑気に笑っている華鳥にも、何も言わないスタッフ陣にも腹が立ってくる。必死なのはいつも自分だけ、どうしてみんな涼しい顔で突っ立っているのだろう。

「東西南北を～青春切符で旋回中～♪」

歌収録が終わりマネージャーにスマホで撮ってもらっていたモニターをチェックすると、私のパートだけ音程のズレがひどかった。これではまるで、自分が一番音痴みたいだ。みんなはマイクが死んでいるっていうのに、その方が笑顔にも余裕が持てるというのに、これでは自分だけが損をしているではないか――。


「南さん、今楽しい？」

「……少し前までは楽しかったのよ。」

「この前、南さんがくるみに言ったこと。やっぱりくるみは違うと思う。」

「……」

「このまま流れに身を任せて生きていけば、なんとかなる…そう言ってた。でもね南さん、くるみはもうおかしくなりそう。」

「くるみさん…」

「美嘉ちゃんが笑わなくなった。見ず知らずの人たちからの、言葉の暴力によって。芸能人ってこういうのが普通なんでしょ。」

「……」

「おかしいじゃん。お金のため？　それとも名誉？　どうしてみんな有名になりたいの？」

「自分という存在を大勢の人に受け入れてもらいたいんじゃないかしら。」

「くるみにはわからない。他人の意見なんていらない。自分のしたいように生きられればそれでいい。」

「くるみさん、でもこれはチャンスなのよ。わたくしたち、色々な運命が混ざり合ってここにいる。こんな経験、もう一生できないかもしれないじゃない。」

「チャンスだと思ってこのまま流れに沿って生きるの？　それってただの賭けだ

よ。」

「賭けに勝ったら、きっと夢だって叶いやすくなるわ。」

「南さんの夢ってなに？」

「……………」

「それ、本当にこの生活をしていたら叶うの？」

「……わからない…でも…」

「お願いだからもう止めないでよ。くるみがおかしくなる前に……解放して。」

「いやぁぁあぁ―――」

事務所の会議室での打ち合わせ中、突然わめき声が聞こえてきた。ガラス張りの会議室から外の様子は丸見えで、くるみが泣き叫んでいるのがすぐに確認できた。そのただならぬ様子に、その場にいた大人たちも、打ち合わせ中だった私たちも動きを止めた。くるみは今日初めてのソロ仕事だったはず…一体何があったのだろう。

「あああああ―――」

マネージャーが彼女を半ば引きずりながら奥の部屋へと連れて行く。打ち合わせは一時中断となったが、大人たちは私たちに会議室から出るなと命じた。

静まりかえった空間に、くるみの声が漏れ聞こえてくる。

「もう嫌だ嫌だ嫌だ。わからない。私が私じゃないの。カメラの前だと自分がわからなくなるの。小学生の理科の問題に答えられないんだよ。なんで出てこないのかわからなくて、おかしくなりそうだった。」

なだめる大人たちの声がうっすらと聞こえていたが、彼女の叫びが弱まることはない。

「こんなのも答えられないなんて、わたしは馬鹿で無力で…あぁどうしよう。これが放送されたら、大勢の人に、ロボットなんて誰にでも簡単に作れるんじゃないかって思われるんだ。もう嫌だ嫌だ。テレビに出たくない。自分を知られたくない。人から見られたくない。」

完全に自暴自棄になってしまっている。このままくるみを放っておいてはまずい。

「説得しなきゃ。くるみちゃんを。」

「待って東さん。」

「なに？」

「行ってどうするつもり？」

「くるみちゃんに声をかける。次成功すればいいじゃんって。」

「……東さんは本当、何もわかってないわ。くるみさんは限界よ。」

「限界って、何言ってんの？　きっとくるみちゃんは緊張しやすいんだよ。もう少し経てば…」

「潰れちゃうわ。」

「じゃあどうしろって？」

「普通の女の子に戻してあげましょう。くるみさんは元々目立ったり表に立つことが苦手な子だったじゃない。東さんならわかるはずよ。」

「せっかくここまで来たのに辞めるっていうの？」

「そうよ。わたくしね、気づいたことがあるの。そもそもアイドルって楽しくないわ。」

華鳥の言葉に、隣の美嘉までもが小さく頷く。

「南さんも美嘉ちゃんも、おかしいよ。綺麗な服を着て、可愛い髪型をして、スタジオで沢山の光を浴びて、それがどれだけ幸せなことか…」

「それを楽しいって思えるのは、東さんがアイドルを好きだからよ。」

「そんなことない！　慣れていけばきっと楽しくもなっていく。アイドルって大勢の人たちを笑顔にできるんだよ？　こんな素敵な職業ない！」

「…ち…近くの……」

ずっと黙っていた美嘉が、震える唇を小さく開く。

「近くの人を…笑顔にできない人が？」

「は？」

「いまの東ちゃんは、変だよ。怖いよ。」

「……」

「私を救ってくれたかっこいい東ちゃんは、もういない…昔の東ちゃんはどこにいったの？」

泣き崩れる美嘉の背中を華鳥がさすった。くるみのわめき声も収まろうとしない。

泣きたいのはこっちだ。私は荷物をまとめて、事務所を飛び出した。どうして、どうして――こうなってしまったことへの後悔が頭を支配していた。家についてからもそれは消えなかった。

＊３＊

数日後、遠藤から3人の契約解除が告げられた。一緒に事務所を辞めてくれとまでは言われなかったものの、東西南北のコーナーがレギュラー化していた番組は別企画になり、私の仕事は一切なくなった。それとともにブログは閉鎖、予定していたイベントはもちろん全て中止になり、エンディング曲もすぐに別のアーティストの新曲に変更されるという。

やっと摑んだと思っていたアイドルという称号は、私の手からするりと逃げていった。

こんなに憂鬱な学校は初めてだ。自分が抜け殻になっていることを認めたくはなかったが、授業中は黒板を眺めたまま、意識は窓の外へ行ってしまっていた。

昼休み中、別のクラスのアッコがわざわざ話しかけにやってきた。

「あー東さん。昨日も見たよ。忙しそうだね。何か学校で困ったことあったらいつでも言って！」

誰がお前なんかに言うか。いつもであれば笑顔の下に本心を隠すところだが、今日はそれができなかった。

「ありがとう。裏では私の悪口言ってるの、知ってるよ。」

撮りためてあった分のVTRで番組は繋がっていたため、周囲が東西南北の変化に気づくことはなかった。このタイミングで、午後から進路説明会が行われるという。目の前が真っ暗の今の自分にはなんとも酷な時間であった。

体育館でクラスごとに縦1列に並ばされた私たちは、壇上から見下ろされていた。30代半ばと思われる黒髪ショート眼鏡にスーツの女性は、「1年生から大学受験を見据えることは決して早いことではないのですよ」から始まり、長々と〝おすすめの3年間の進路計画〟を語っている。大手教育会社に勤め、毎回進学校の生徒何百人を前に講師として説明しているであろうこの人は、成功例なのだろうか？

辺りを見渡すと、気持ちがここにないのは自分だけではないようだった。同級生たちは心で何を思っているのだろう。あぐらをかいて単語帳を見る右隣の彼に声をかける。

「話、聞かなくていいの？」

「へ？」

名前も知らない別のクラスの彼はこちらを見て驚いた。

「あの人説明してるよ。」

「だな。でも俺は志望校も決めてるから。」

「そっか。」

今すべきことがわかっている彼を羨ましく思ってしまった。

「東さんは？」

「どうして私の名前を…」

「だって有名人じゃん。」

実際テレビで見たことはないんだけどね、と彼は申し訳なさそうに笑った。

「東さんはどこ志望？」

「私は、まだ決めてない。なんか大学に目的がなくて。」

「ほう。じゃあ将来どうなりたい？」

「言わない。」

「言わないってことは決めてるものがあるのか。よかった。」

「なんでよかったなの？」

「高校生になるとさ、なりたい職業とか聞かれなくなるじゃん。この学校に入ったということはこういう人生になりますよ、ってレパートリーの少ないレールが引かれるし。こうやって。」

彼は講演中の女を小指で指した。

「だから、ちゃんと夢持ってる人っていいんのかなって不安だった。今ここで話を聞いている生徒の中にはさ、なんとなく自分の偏差値に合ったから東高に入学して、なんとなくまた自分に合うレベルの大学を受験して、なんとなく入れそうな会社に履歴書送って、受かっちゃった企業になんとなく就職するって人多いと思うんだ。別にそれも悪くはないと思うけどさ。俺はちょっともったいねぇなって。」

「そういう自分は、何になりたいの？」

「勤勉が必須条件の一番かっこいい職業。」

「一番かっこいい…」

この世には数多くの職業が溢れているというのに、彼は勝手に順位をつけていた。とんだ幸せ者だ。私はこの名前も知らない彼と、ここ1年の自分を重ねてしまった。

自分の一番憧れている職業から、自分が求められていないとわかってしまった時、待っていたのは果てのない悲しさと恥ずかしさだった。隣の彼にはそれを味わってほしくない。

「勉強、頑張りなよ。」

「おう。東さんも夢叶うといいな。」

この先自分はどうしていきたいのか、もう一度問いかけてみるが、やはり浮かび上がる理想は今も変わってくれない。初めてアイドルを見た時の、あの心に突き刺さった衝撃を忘れることができずにいる。しかし自分は夢を叶えていい人間ではないのだ。誰かのためにと言いながら、してきたことはすべて自分のためだった。優しい自分を取り繕い、都合が悪くなると平気で人を傷つけた。こんな奴がアイドルになるべきではないことくらい、わかっている。わかっているというのに、性格も往生際も悪い私は私である限り、好きなものを簡単に嫌いにはなれないのだ。

今ここで泣くなんて、そんなかっこ悪いことが許されるはずがなかった。家までもたなくても、せめて一人になった時に泣けばいい。でも、私はハンカチも持っていないのに、涙を堪えることができなかった。私は膝に顔を埋め、静かに泣いた。

その日の放課後、私は北高の校門で友達の帰りを待った。

「ごめん。あのさ……」

「わ、びっくりした。どうしたの？」

「よかったら、昔の私を教えてくれないかな？」

突き放される覚悟で来た私は、美嘉の表情を確認する前に頭を下げた。美嘉のローファーのつま先を見つめ、祈る。

「……いいよ。すぐそこの公園で、少し話そっか。」

子供が遊ぶには遊具が乏しい公園には、私たちの他に人はいなかった。先を歩いていた美嘉が座ったのはベンチではなくブランコで、私ももう一台に腰を下ろした。

「東ちゃん、遠藤さんから聞いた？」

「うん。みんな辞めるんだよね。」

「ごめんね。」

「別に美嘉ちゃんが謝ることじゃないよ。」

「でも東ちゃん、目腫れてる。」

美嘉は私から視線を外すとブランコを小さく漕ぎ始める。そしてゆっくりと時間を巻き戻していった。

「――覚えて…ないよね？　クラスメイトからも先生からも無視をされていたわたしに、東ちゃんだけが話しかけてくれていたこと。」

「……」

「そんなことをしたら一緒にいじめられちゃうんじゃないかって、不安だった。でも東ちゃんは言ってくれたの。〃用があるから話してるのに、止められる意味がわからない。私は、尊敬していない人からの指示は受けないんだ〃って。」

「生意気なのは昔からか。」

「ううん。東ちゃんはかっこよかったよ。美人で頭も良くて、絶対に泣かなかった。」

ついさっき泣いたんだけどな、私は心でそっと呟いた。

絶対に泣かない子。そうだ、小学生の頃、涙を流さなかったせいで親に連絡をされたことがある。すっかり忘れていたが、その発端となったのも講演会だった。全校生徒が体育館に集められ、その日はドラッグ、大麻防止が呼びかけられた。顎ひげの生えたおじさんは息子を事故で失い、その事故の原因が危険ドラッグによるものだったと涙ながらに語った。講演中は鼻をすする音に囲まれ、児童会長は最後に涙で声を詰まらせながらお礼の言葉を述べた。あのショッキングな光景は忘れることができない。体育館中が涙で包み込まれ、まるで泣かなければ人間ではないかのような、異様な空間だった。

私は泣くことができなかった。呆然と大人たちを眺めていた。顎ひげの男、先生、普段なかなか目にしない大人たちの泣き顔は見ていて気持ちの良いものではなかった。担任はその時の私の行動を不審に思い、講演会後にわざわざ親に電話をかけたのだ。その晩、親からどうして泣かなかったのか問いただされた。ちゃんとした理由があったため正直に答えたのを覚えている。そんな自分が、まさか進路説明会で泣くなんて。

「でも東ちゃんが海外に行っちゃって…私は本当の一人ぼっち。それだけだったらまだいいんだけどね、ひどい扱いを受けた。思い出したくないくらい。だから私は学校に行かなくなったの。代わりにパパハウスに通ってた。頑張って中学受験して、みんなと別の学校に行って。顔も変えて、全部新しくした。でも、無理だったの。私の小学生時代を誰かが北高に吹き込んだ。田舎だからね、そういうの全部すぐ広まっちゃうんだよ。」

「……」

「くるみさんの存在は中学の時から知っていた。私は羨ましかった。可愛くて、才能もあって、どうしたらこんなふうになれるかなって、毎日くるみさんのことをネットで調べてたの。もっと知りたい、もっと知りたいって思ううちに本人に直接会いたくなった。駅でくるみさんを待ち伏せしたの。初めて生で見た時は衝撃で。でももっとびっくりしたのは、隣に東ちゃんがいたから。」

「……」

「私のヒーローが日本に帰ってきたんだって。無我夢中で2人を追いかけた。そして私は、本屋で声をかけた。」

「え…」

あれは、偶然の再会ではなかったのか。

「東ちゃん。」

ローファーと砂を摩擦させ、無理やり揺れを止めた。随分と変わった美嘉の顔。大きくなったその瞳が私を見つめていた。

「私はね、東ちゃんのファン1号だったんだよ。」

＊ 4 ＊

「ゆっくりしていきな。」

一番奥のテーブル席に4つのグラスを並べると、マスターはカウンターの奥へ入って行った。変わらないアップルジュースの味に、シンジがいない違和感が際立つ。

「こんなお店あったんだね。」

　東西南北の再会場所として選んだのは、なじみの喫茶店だった。これから3人と、ちゃんと話をしなければならない。心細さをこの店が緩和してくれると信じた。事務所を辞めないでほしいとか、このまま自分が嫌われるのが怖いとかそんな思惑はない。感情のままに生きる、おそらく昔の私ができていたことだ。

「華鳥さん、くるみちゃん、美嘉ちゃん、ごめん。」

「……」

「私、純粋にみんなが凄いと思ってた。みんなとなら、なんでもできるって思っちゃってた。色々巻き込んで、本当に悪いことをしちゃったよね。」

「東ちゃんの夢……」

　くるみが小さな口を開く。

「何となく気づいてたよ。でも、役に立てなくてごめんね。アイドルっていうか、幻想を抱かれる仕事っていうか、そういうのがどうしてもくるみには無理だった。自分という存在が知らない人の人生に関与するのが怖くて。」

「くるみちゃん……」

「アイドルはデバッグできないからね。」

くるみがトレードマークのウサギのゴムと同じように困った瞳で笑った。

「私もごめん。」

美嘉が下を向いたまま口だけを動かす。グラスを両手で包むと、ゆっくりと視線を上げた。

「曖昧な気持ちでやるべきではなかったんだと思う。彼にも東ちゃんにも、みんなに申し訳なかったなぁって。それと…これからも仲良くしてくれるかな？　みんなと出会えて、私本当に変わった。生きててよかったって。」

「そんな大げさだなー。当たり前だよ、くるみもみんなのこと大好きだから、これからもずっと友達。ね、東ちゃん！」

「もちろん！……でもやっぱり腑に落ちない。美嘉ちゃん、恋愛ってそんなに大事？」

「ふふっ。大切な人ができればわかるよ。東ちゃんも。」

いつかそんな日が来てしまうのだろうか。今の美嘉は幸せな顔をしているが、彼女の気持ちを理解したいとは思わない。今の自分はその方がよっぽど幸せなのだ。

「わたくしはね、東さん。」

ずっと口を閉じていた華鳥が、ゆっくりと話し始める。

「やりたいことが見つかったの。」

「やりたいこと？」

「ええ。世界中を飛び回って、支援活動をしようと思ってるわ。」

「え、それ本気？」

「もちろん本気よ。」

いつも上から目線で、自分の話ばかりして、楽なことばかり選んでいると思っていたお嬢様のことを、私は何もわかっていなかったのかもしれない。

「受験は？」

「しないわ。いざとなったらパパの会社を継げばいいから。」

「すごい行動力だね。」

「みんなそうじゃない。相当な行動力がなければこんな高校生活送ってないわ。」

「確かに！」

くるみと美嘉が声を揃えて笑った。ロボコン、ボランティア、テレビ番組。東西南北でやってきたことは特殊なことばかりだったというのに、3人はついてきてくれた。

「東さん、わたくしを見つけてくれてありがとう。」

「くるみと仲良くしてくれた女の子は、東ちゃんが初めてだった。」

「これからもずっと応援してる。まだ、諦めてないんでしょ？」

できないことで埋め尽くされているこの世の中は困難の連続だ。しかし一度伸ばした手を引き戻すには、何かを摑むしかなかった。もしくは切断だ。幸い、私の手にはまだかすり傷しかついていない。

「諦めたくても、諦められないんだ。」

有名プロデューサーが手がけるという新しいアイドルグループは、5次審査まであるという。私は既に履歴書を送っていた。

『本当に偶然が重なったって感じです。何気なく応募したオーディションに受かったのがきっかけで…でもまさか自分が…昔から見ていたこの番組に出させていただけるなんて…』

何十回とされてきたこの手の質問に対する答えはフォーマットが決まっていた。自分という存在を嘘のベールで包むのか、それともはぎ取るのか。無数の選択を毎日のようにせまられる。この生活には慣れたものの、未だに自分が自分でなくなることは多い。アイドルの使命は自分のパーソナルプロデューサーを担い続けることだった。

『高校生の頃、ボランティア活動をしていたそうですね。』

『はい。少しだけですが…やっていました。人から感謝されることは簡単ではなくて。でも、自分が誰かの笑顔の手助けができた時、一緒に嬉しくなれたんです。だから今のお仕事でも、沢山の人の笑顔を見たいです。ある意味自分勝手かもしれませんが。』

番組観覧者の中にファンの姿を見つけた。イベントの度に足を運んでくれる彼女らは〝東ちゃん〟と書かれたタオルを膝に置き、微笑んでいた。

『今日のゲストは国民的アイドルグループのリーダー、東ゆうさんでした。』

『ありがとうございました。』

2週間にも及ぶ密着取材は、収録を終えると達成感に変わった。座る時は常に足を閉じること、食べ方を綺麗にすること、姿勢は常に胸を張ること、時間を守ること、テカテカの顔を映さないようにどんなに朝が早くともメイクをしておくこと。納得のいくままに頑張ってよかった。スタジオで見たVTRの自分は、アイドルをしていた。

「お疲れ。」

スタジオの外で待ってくれていたマネージャーさん、メイクさん、スタイリストさんが拍手で迎えてくれる。高いヒールも気にせずスキップで楽屋に帰る私を、皆が優しい表情で包んでくれた。

「終わった終わった！」

お弁当の匂いが充満した楽屋で思いきり叫ぶ。だらけた姿勢のまま私服に着替え、荷物をまとめて退出した。エレベーターの前にはきっと、あの人が私を待っていてくれている。

「お疲れさま。東っち。」

「ありがとうございました！　古賀プロデューサー。」

コテコテの関西弁。眉毛は描いてあるものの、変わらない金髪ヘアに動きやすそうな薄手のシャツを着たコガは、立場だけが偉くなったようだ。

「これからみんなに会ってきます。」

「ほんま!?　よろしく伝えといてや。」

「はい。お疲れ様でした！」

18時に代官山アートギャラリー前。予定通りに収録が終わったため、時間に余裕がありそうだ。地下の車寄せから送迎車に乗り込むと、運転席にはいつものドライバーが座っている。

「行き先は自宅でいいですか？」

「代官山にお願いします。友達と待ち合わせしてて。」

みんなが揃うのはいつぶりだろう。私とくるみ以外は東京に住んでいないため、何かしらのイベントがないと集まることがなかった。

――写真展を開くことになったから、観に来て欲しいんだ。

先週、8年ぶりに彼から電話がかかってきた。向こうも電話番号を変えていなかったため、通知された名前を見た時はびっくりした。

「ここで大丈夫です。ありがとうございました。」

ドアが開ききる前に、私は友人たちが待つ場所へと飛び出した。


「東ちゃーん！」

真っ先に私の肩に飛びついてきたのはくるみだ。26歳の彼女の頭にはもう、ウサギのゴムは乗っていない。

「ごきげんよう東さん。この前は楽しかったわ。ありがとう。」

真っ白のコートを纏ったお嬢様は、この前ライブに来てくれたばかりだ。南さんはサチを連れて毎回足を運んでくれる。

「久しぶり東ちゃん。」

大きなお腹を抱えた美嘉は、どことなく馬場さんに似てきた。彼女はもうすぐ2人目の子を出産する。

「みんな、お待たせ。」

「じゃあ入ろうか。シンちゃんも中で待ってる。」

――ほしぞら写真展　～工藤真司～


大きく垂れ下がる段幕に書かれた文字を見上げ、私は胸が熱くなった。すでに閉館している時間のため、館内には私たちの他に客はいない。

くるみが重たいガラス扉を開けると、正面に一人の男性が立っていた。黒縁ウェリントンのメガネにらくだ色のズボンの彼を私はよく知っている。

「シンちゃん！」

「シンジさん！」

駆け寄るくるみ、華鳥、美嘉と挨拶を交わす。そんな彼の姿を私はしばらく眺めていた。昔のように舞妓肌とまではいかないが、アラサーにしては老いを感じさせない。相変わらず細身なせいか、なよついた雰囲気は拭えなかったものの、それがむしろ嬉しかった。穏やかな瞳で話す彼の横顔を見ていると、突然黒縁ウェリントンが私にピントを合わせてくる。

「久しぶり、東さん。」

「久し…ぶり。」

「じゃあ私たちは先に回ってるね。」

「え、ちょっと……」

くるみはシンジの背中をポンと叩くと、華鳥と美嘉を連れて先に行ってしまった。広く静まり返ったエントランスに彼と2人。てっきり自分と同じ困り顔を浮かべていると思ったら、シンジは柔らかい表情で私を見ている。彼はもう、コーヒーを使わなくても十分オトナなのだ。

「ありがとう。忙しいのに来てくれて。」

「ううん。凄いね、写真展開くなんて。」

「東さんのおかげだ。」

ありがとう、と彼は深々と頭を下げた。

「私は何もしてないよ。シンジくん、昔から才能あったし。」

「そんなこと昔は言ってくれなかったじゃないか。」

へへ、とニヤけるシンジを見てようやく緊張が解けていく。この笑い方…あの頃と変わっていない。

「感想を聞きたいんだ。帰りに教えてくれる？」

「もちろん。」

「じゃあ、僕は出口で待ってる。ゆっくりしていってよ。」

シンジに見送られ、私は心細い足音を響かせながら順路に沿って歩いた。

1枚目は石造りの教会とその上に浮かぶ星空の写真。〝テカポ〟と題された絵画のような風景には見覚えがあったが、撮影日は去年である。

アイドルという職業に就いてから、自分もカメラに触れる機会は増えた。定期的なグラビアやCDジャケット撮影、写真集。だが、撮られることは多くても、写真に詳しいわけではない。ブレた写真を撮るためにはシャッタースピードを速くするべきなのか遅くするべきなのか、それすらわからない。そんな私でも、わかるのだ。シンジの写真は本当に美しかった。

矢印の通りに進んでいくと、一枚の黒い扉にぶつかる。既に30枚は見てきただろう。あっという間だったが、ここはもう出口かもしれない。

――――カチャ。

「やっと来た！」

「待ってたわよ。」

私を置いてけぼりにした3人は、悪びれる様子も無く待っていた。

「ちょっと先に行くなんてひどいよ。」

「ごめんごめん。」

「ねぇ東ちゃん見てよ！」

美嘉の指す先には、これまで展示されていたものとは比べものにならない大きな写真が飾られていた。その一枚に、私は声を失う。

「……これ……って……」

当時の記憶が一瞬にして蘇ってくる。小さなシャッター音を放った彼のライカ。チープな衣装に身を包む私たち。

「もう一生訪れることはないんですものね。」

「何のしがらみもなく好きなことをして、たわいのない話で笑いあって。楽しかったなー。」

「わたし、こんな幸せそうな顔してたんだ。」

〝トラペジウム〟

撮影日は今から8年前の5月26日。女子高生たちは皆、夢に焦がれていた。


「どうだった？」

「とっても素晴らしい写真展でした。ありがとう。」

「8年前のこと、東さんは覚えてるかな？」

「あの写真を見て思い出した。工業祭の時に撮ってもらったんだよね。」

「ファインダーを構えた瞬間が、今でも忘れられないんだ。」

ただひたすらアイドルになりたかった。この時の私は今の自分よりも幼稚で、馬鹿で、格好悪くて、格好よかった。

夢を叶えることの喜びは、叶えた人だけにしかわからない。私ははっきりと言える。

当時の私に向けて、ありがとうと。

「本当はもっと早く伝えなくちゃいけなかったのかもしれない。」

「え？」

「初めて見た時から、光っていました。」

『方位自身』

体裁気にした集合体
16で悩んだ
大人の定義

奇抜なファッション 意思表示
ワタシを笑うこの街と
仲良くするのはもうやめた

東西南北を
青春切符で旋回中
追い風が頼もしい
スカート揺らす愛

存在価値探し
孤独と戦う人生は
前触れなく 終わりを告げる
煌めく出発点
あなたに会えた日

繁盛する小洒落たカフェ
人混みは苦手だ
古い喫茶店へ

流れるレコード 自己投影
涙が頬をつたう前に
コーヒーいっきで飲み干した

東西南北を
青春切符で冒険中
未踏の地で降りる勇気
今の僕にはある

最高傑作を
何度も更新する人生
僕には眩しすぎるけれど
果たしたいんだ
君との約束

人生マップ
ゴールに星印をつけよう
方位磁針はいらない
光を頼りに歩めばいい

あとがき

カシャリ。みかんの入った袋が音を立てる。

冬を迎えると実家には大きな段ボールが届いた。取っ手穴から鮮やかな橙(だいだい)色が顔を出すと、早速私を誘惑し始める。今年も生きのいいみかんがやってきた。かじかんだ手を気にせず好きな数だけ摑(つか)み、ほかほかのリビングへと運ぶ。熱さが密閉されたコタツに勢いよく足を突っ込めば、準備完了だった。皮に親指を食い込ませる。香りが舞った。舌の上にみかんがダイブすると、いつだって幸せになれた。

18歳。東京で過ごす冬は、寒かった。人肌恋しいの意味がわかる年齢にもなっていた。私は実家にいた頃と同じようにみかんに幸せを求め、迷うことなく一ケース分を購入した。コタツの電熱器具は元々テーブルについていたから、布団のみ追加で注文すればよかった。

1週間ほど経ち、それらが届く。みかん箱は悪びれなく我が家のリビングに陣取り、一気に部屋は狭くなった。加えてコタツ布団を敷くと、足の踏み場がなくなった。更に、みかん箱の奥底から虫が出てこないかと心配な日々が続いた。どれから食べようか、でも内果皮の薄そうなものを選んで取ったところで、いずれはすべて自分の腹に入るしな。そう思うと、厳選する楽しみもなかった。外皮の一部がぶよぶよし始めるとあっという間に感染は広まる。頑張っても食べ切ることができなかった。頑張る時点でなんか嫌だった。翌年から、みかんは袋で買うようになった。衣替えが面倒でコタツも捨ててしまった。

それでも毎年、みかんを食べている。カシャリ。袋へと手を伸ばした。高いみかんはそれなりに美味しかった。カシャリ。至福のひとときと呼ぶにはちょっぴり想像の力を借りなければならなかった。負けじとみかんを食べた。私は東京で生きていた。

仕事を終え、深夜にホームビデオをつける。上京する際、一式持ってきていた。撮影は9割母。手ぶれもアングルもひどかったが、それでも大切なものは確認できる。運動会、合唱コンクール、入園式から卒業式まで。自分が映る度に、クラスメイトが愛おしくなった。よくこんなブサイクと仲良くしてくれたよな、この学校じゃなかったら確実に容姿でいじめられてたよな、とありがたすぎてお礼の電話をかけたくなった。

「もしもし。あのさ、目より眉毛の方が太いデブだったのに、仲良くしてくれてありがとう。」

「は？」

「これからもよろしくねおやすみ。」

　小学校の音楽教師は、とても熱心で良い先生だった。おかげで同級生は皆、歌うことが大好きだった。

「夏の草原に銀河は高く歌う」

「ポプラの木にはポプラの葉」

「からたちの花が咲いたよ」

　ビデオを見ると、私たちはどんな歌でもやたら大声で歌っていた。うまくはないが、本人たちもうまさを気にしている感じもなかった。届け愛のメッセージ、と歌いながら誰も届けようとしてないのもよかった。かと思えば卒業式の時だけ歌詞を噛み締めすぎて、大洪水を起こしているのも面白い。

　大人になってから聞くと合唱曲の歌詞には木々や天体が多く使われていることに気

たとえたくなったりする。

づく。そして納得した。大人になると、人が星に見える時があるし、人を木に喩えたくなったりする。

＊

高校の同級生であるイサオ、なっさん、りかっち。千葉から上京してきた同級生の多くは就職のタイミングで実家に帰ってしまったが、3人は東京で働くことを決めた。女子高生だった3人は、現在大木になっている。

昔から佇まいがおとなしすぎたイサオ。学校での関わりはほとんどなかったが、彼女とは塾が一緒だった。第一印象は「美人を眼鏡で隠している」だった。仲良くなりたくて勝手につけた「イサオ」というあだ名は大学まで定着したそうだ。本名が美しいだけに、申し訳ないことをした。

仲良くなるとイサオは色々なことを教えてくれた。インフルエンザにかかりたくてわざわざ病院の待合室でテスト勉強をしていること。前歯の神経がさりげなく死んでいること。母親も差し歯で、台風や地震を感知すると抜け落ちること――

東京で行った初めてのBarもイサオが一緒だった。どれを頼んでも一杯300円。当時はお互いお金がなかった。バーテンダーは驚くほど喋らない人だったが（注文も筆談だった）その分イサオの話術を堪能(たんのう)できたのでちょうどよかったのを覚えている。

私の処女作『トラペジウム』では彼女に取材協力してもらった。イサオは大学時代ボランティアサークルに入っていたのだ。その傍ら「スーパー銭湯」と「トイザらス」でバイトをしていた。イサオは昔からその辺のセンスがいい。そしてこの文章を書きながら『トラペジウム』をすっかり送らずにいたことに気づく。イサオは現在歴史の教員になっていた。これを学校図書にでも置いてもらおう。宛名(あてな)はイサオ先生へでよいだろうか。


続いては幼なじみ、なっさん。クレヨンしんちゃんのボーちゃんに雰囲気が似ている。なっさんとは小中高の12年間同じ学校だった。私は腕相撲チャンピオン、なっさんは相撲チャンピオンという似た経歴を持っている（なっさんは迫力だけで男子を場外に押しやった凄腕）が、長い時間を共にしている割に深い関係ではなかった。

そんななっさんと2年前、テレビ局の廊下でバッタリ再会した。大学で教員免許を取得していたなっさんは、イサオと同じく先生になったとばかり思い込んでいたが、とんだ勘違いだった。なっさんは現在フジテレビの報道部に勤務していた。それからというもの、私はお仕事でフジテレビに行く度になっさんに連絡するようになる。

「なっさん、今何してるの？」

「今日は学校給食の取材で埼玉にいるよ。子供たちに帰れコールされている。」

またある時は、

「なっさん、今フジテレビいるよ。」

「そっか。今日は小池百合子に付きっきり。残念。」

結局わたしたちがテレビ局で会えたのは最初の一回だけであった。しかしその一回をきっかけに、今では一緒に旅をするくらいの仲になった。

なっさんは流行やブランド物に一切興味がない。浅草の鞄屋で買ったお気に入りのバッグを常にぶら下げていて、韓国に行った際は「ペットボトル工場」と書かれたTシャツに一目惚れしていた。そんな独自の目を持つなっさんが、これからどんなトピックに注目し、どんな切り口で報道していくのか、楽しみである。

そしてもう一人はりかっち。りかっちとは特に頻繁に会っていて、映画、ボルダリング、謎解き、占い、文化祭などどちらかが気になるコンテンツを見つけ次第予定を合わせた。遊びも食事も、お互いがお互いに案を出し合い、すぐに意見が合致する。そのため番組のアンケートや打ち合わせで『行きたい場所や今やりたいことはありますか?』と問われると、既にりかっちと制覇してしまっていることが多く、それだけが悩みだった。

りかっちとは高校3年間、クラスが同じだった。お弁当を食べるのも一緒、教室の移動も一緒。私の高校生活が美しい青春として象れているのは、りかっちが醸し出す居心地の良さあってこそだなあと思う。

現在は虎ノ門でOLをしている。昔から先生とのコミュニケーションが上手で、ノートも見やすくて、なにより舐められないオーラを纏っていたりかっちならどんな場所でもうまくやっているはずだ。

毎年、神宮球場でのライブを観に来てくれているりかっち、大雨のなかフード付きのカッパを着て「かずみちゃーん」と手を振る姿が、プールの授業を見学していた私に手を振った水泳帽のりかっちとリンクしたことがあった。変わっていく環境と変わらないもの。どちらも大切で、時々苦しくなる。

3人には不定期で一斉招集をかけるのだった。そういう時はきまってカードゲームをするのだが、なっさんの弱さはピカいちだ。それでいて彼女はズルをする。２枚しか引いてはいけないカードを４枚引き、周りに責められる常習犯だ。

眠たくなるまでゲーム会。カードゲーム、しりとり、山手線ゲーム、じゃんけん、サイコロ、この日もなっさんの勝率はほぼゼロであった。

「なっさーん。」

「良い加減勝ってくれ～。」

なっさんは負けるたびに笑いながらずっこけていた。ずっこける側すら間違えているのである。一通りゲームを終え、なっさんが勝てるゲームはこの世に存在するのかという議論が本気で行われた。するとなっさんはおもむろにケータイを取り出し、私たちに画面を向けてきた。

「この前撮った。」

見せられたのは安倍首相との２ショットだった。驚いたのはなっさんの顔だった。ゲームで負けた時も、ズルをした時も、総理大臣の隣に並んだ時も、なっさんは全て同じ表情をしていた。

「なんで？　すご。」

「わーこれは。参りました。」

なっさんは勝者の顔をするわけでもなく、ただ笑っていた。いつものように嬉しそうに笑っていた。

蓄えたユーモアを常に冷静さで隠しているイサオ。

舐められないオーラを全身に纏っているりかっち。

弱さを受け入れることしか知らない強いなっさん。

3人は大木だった。それぞれが自立し、東京という地に堂々と根を張っていた。

気がつくと自分は、いつも空を見上げていた。大きな葉をつけたら、誰かが雨宿りをしてくれるだろうか。花が咲いたらたくさん写真を撮って欲しい。いつか実がついたら、中をほじくって種を出そう。植える場所はまた東京がよかった。

テーブルに置かれたみかんを掴(つか)む。賞味期限切れのようだった。これでシンクを洗ってみたらどうか。正解だった。香りもいいし、手も汚れない。幸せはかたちを変えて潜んでいた。

二〇二〇年二月　高山一実

解説

吉田大助

ひとが、小説家になる瞬間を見たことがある。

二〇一一年八月二一日に結成されたアイドルグループ、乃木坂46。千葉県南房総市出身、当時高校三年生だった高山一実は、応募者三万八九三四人の中から1期生メンバー三六名に選ばれたひとりだ。愛称は、かずみん。グループ最新作（二〇二〇年三月末現在）となる25thシングル『タイトル未定』でも選抜入りを果たし、通算選抜回数二五回とトップを誇る。

身長一六二センチで、ストレートのロングヘア。子供の頃から歌うことが好きで、モーニング娘。のライブに通いグッズを集めるほどの「アイドルヲタク」。昭和のアイドルにも造詣が深く、最終オーディションでは山口百恵の「夢先案内人」を歌い、審査員に鮮烈な印象を与えた。実は高校二年の時、モー娘。の9期メンバーオーディションに応募しているが、書類選考で落選した過去がある。「諦めかけてたアイドルになりたいという私の夢を叶えてくれたこのグループに全てを尽くそうって思いました！」（本人のブログより）。

乃木坂46は、二〇〇五年に結成され「アイドル戦国時代」を招いた先輩グループ・AKB48のような専用劇場は持たなかった。しかし、デビュー直後から現在に至るまで、「ホーム」と呼ぶべき場所を持ち続けている。それは、テレビ東京系列などで放送されている冠バラエティ番組『乃木坂工事中』（旧『乃木坂って、どこ？』）だ。バナナマンの二人がMCを務める同番組で、彼女たちは自己の個性を発信し、メンバー同士の関係性を画面越しに伝えてきた。

この番組が、高山の人気と実力を押し上げたことは間違いない。今やライブではど定番の「アメイジング！」という流行語が彼女の口から発されたのはここだし、ここで培ったバラエティ筋力が、他番組での活躍にも繋がっていった。彼女自身がもともと持っていた優しさ、言い換えれば「周りの個性を輝かせる、個性」が発揮され磨かれていったのも、ここからだ。

もう一つの個性が明らかになったのも、この番組だった。二〇一四年一〇月に放送された企画「乃木坂POP女王決定戦！」で、高山は趣味が読書であることを明かし、湊かなえの小説三冊を推薦コメントと共に紹介したのだ。そのコメントに反応したのが、本とコミックの情報誌『ダ・ヴィンチ』編集部のK氏だ。乃木坂46の読書好きメンバーを集めたトーク連載「乃木坂活字部！」をすぐさま立ち上げ、高山を「部長」に任命し、同誌二〇一五年四月号より連載をスタートさせた。そして、この文章を書いている筆者は「書記」として、部の活動を記録する係となった。

連載は当初、高山部長が「本」にまつわるさまざまな現場を訪ねたり、「本」に関わるプロフェッショナルたちに話を聞いていくスタイルだった。三ヶ月に一度は「乃木坂活字部！」の他のメンバーも呼び込み、編集部が指定した課題図書による読書会を開催。しかし、二〇一六年二月号掲載分で空気が変わる。前年末に出演した『ダ・ヴィンチ』のイベントで、高山が初めて小説（ショートショート＝超短編小説）を実作したのだ。

本当であればイベント開催中の一時間以内に、四〇〇字詰め原稿用紙一枚の小説を完結させる予定だったが、高山部長は時間内に書き終わらずお持ち帰りを宣言。三日後に編集部に送られてきたショートショートは、なんと原稿用紙九枚にものぼった。タイトルは、「キャリーオーバー」。〈僕は幼い頃、いじめに遭っていた。〉の一文から始まる物語は、人格がありお喋りをする宝くじとの友情の話で――。展開の起伏が絶妙で、フリとオチもばっちり利いていて。「ダ・ヴィンチニュース」に全編を公開したところ、読者から大きな反響を集めた（現在も公開中）。眠れる才能に、大いなる可能性を見出したのは編集者のK氏だ。「長編小説の連載をしてみませんか?」。

かくして二〇一六年五月号より連載スタートしたのが、本書『トラペジウム』だ。基本は隔月連載で、のちに不定期連載。合間合間で、高山部長と先輩作家たちとの対談記事も作成された。羽田圭介、朝井リョウ、中村文則、住野よる、崔実、川村元気、湊かなえ。先輩たちから教えを受けると共に、励ましを受けたことが、自らも小説を書き継いでいく燃料になったことは想像に難くない。

トラペジウムは、オリオン座の中にある四重星の名前だ。四つの星を結んだ形から、「不等辺四角形」という意味も持つ。

主人公は、東高一年生の東ゆう。著者の出身地である千葉の房総半島を思わせる〈城州〉には、東西南北に四つの高校があった。「東」の東ゆうは、他の三つの方角にある高校へと足を運び、かわいい女の子と友達になる計画を進める。その裏には、四人組アイドルグループを結成するという野望があった。意外な人物がサポート役となり、仲間集めが一通り終わった中盤以降は急展開。ロボコン大会、ボランティア活動、文化祭。青春のイベントをこなしながら、四人は（東の）夢の実現へと近付いていくが、関係を引き裂かれるような事態が起きて……。

世の中にアイドルになるためのオーディションは数あれど、アマチュアが「グループ」で参加できるアイドルオーディションは存在しない。この一点だけ取っても、本作のオリジナリティは証明できる。キャラクターを立ち上げ、キャラクターと遊び、キャラクターに決断させる。大きく三部構成となっている物語は、読書家である著者の経験が生かされたからだろう、「体幹」がしっかりとしており、寄り道してもゴール地点まで読者の興味をグイグイ引っ張っていくパワーがある。

「私」の一人称で綴られる、東のドライでクールな（時おり笑える）内面描写も大きな魅力だ。例えば、一人目の華鳥と出会い「わたくしでよければ友達になってあげる」と言われ、喜んで帰宅したその日の夜。〈携帯電話が鳴る。先ほどのお嬢さまからの連絡だった。私は彼女を「南」という名前で登録した〉。彼女の名前が華鳥蘭子であることはもちろん、知っている。面と向かって話していた時はにこやかだったにもかかわらず、一人になった自分の部屋では彼女を「お嬢さま」と呼び、「南」とラベリングする。口に出す言葉と心の中にある言葉のギャップ、二種類の言葉の衝突は、小説という表現ジャンルならではの醍醐味だ。

本作の何よりの魅力はやはり、終盤で描かれる主人公の決断であり、成長だろう。

〈私は、状況が変わるのを待っていた。しかしそんな日など待っていても訪れないのではないか〉。大切なことは「変わりたい」と願い、そして行動することなのだと、この物語は教えてくれる。ここに書き込まれたもう一つ大事なことは、彼女が変われたのは、仲間の存在があったからだということ。視野狭窄（きょうさく）で、決めつけが激しくて、言ってしまえば自分勝手で。そんな女の子が、仲間と過ごす日々を通して、自分以外の立場や相手の気持ちになって考えることを学んだ。一人の部屋で妄想し、膨らんだ自信をしぼませる存在は、他人だ。しかし、自分を作り変えてくれるのも、他人なのだ。

東ゆうは、出会うことに怯（おび）えなかった。出会いのチャンスを逃さず、摑（つか）みにいった。その姿は、編集者から突然長編小説を書かないかと言われ、「無理」の二文字を最初はきっと頭に浮かべながらも、「やる」と覚悟を決めた高山一実の後ろ姿に似ている。

ひとが、小説家になる瞬間を見たことがあるか？

ないならば、本書を読めばいい。この一冊のどの一文にも、書き手が小説に対して抱いた衝動と不安と恐怖、そして楽しさと喜びが、かたちを変えて溶かし込まれている。それらに触れれば自分もまた、何かを新しく始めたくなる。夢を探したくなる。誰かと出会いたくなる。

少女時代からの夢を叶(かな)えて「アイドルになった」高山一実は、現役女性トップアイドルとしてはおそらく初めて、「小説家になった」。ひとつの夢を叶えることは、また別の夢を連れて来てくれるのだと、彼女は教えてくれた。

〈私たちってさ、未来のことばっかり話してるよね。〉

この本を読み終えたならば、さあ、じゃあ、未来の話を始めようか。

（書評家・ライター）

本書は、二〇一八年十一月に小社より刊行された単行本を文庫化したものです。

トラペジウム

高山一実（たかやまかずみ）

令和２年　４月25日　初版発行
令和６年　４月20日　９版発行

発行者●山下直久

発行●株式会社KADOKAWA
〒102-8177　東京都千代田区富士見2-13-3
電話　0570-002-301（ナビダイヤル）

角川文庫 22086

印刷所●株式会社暁印刷
製本所●本間製本株式会社

表紙画●和田三造

●お問い合わせ
https://www.kadokawa.co.jp/（「お問い合わせ」へお進みください）
※内容によっては、お答えできない場合があります。
※サポートは日本国内のみとさせていただきます。
※Japanese text only

ISBN 978-4-04-102644-1　C0193

JASRAC 出 2001849-409

角川文庫発刊に際して

角川源義

第二次世界大戦の敗北は、軍事力の敗北であった以上に、私たちの若い文化力の敗退であった。私たちの文化が戦争に対して如何に無力であり、単なるあだ花に過ぎなかったかを、私たちは身を以て体験し痛感した。西洋近代文化の摂取にとって、明治以後八十年の歳月は決して短かすぎたとは言えない。にもかかわらず、近代文化の伝統を確立し、自由な批判と柔軟な良識に富む文化層として自らを形成することに私たちは失敗して来た。そしてこれは、各層への文化の普及滲透を任務とする出版人の責任でもあった。

一九四五年以来、私たちは再び振出しに戻り、第一歩から踏み出すことを余儀なくされた。これは大きな不幸ではあるが、反面、これまでの混沌・未熟・歪曲の中にあった我が国の文化に秩序と確たる基礎を齎らすためには絶好の機会でもある。角川書店は、このような祖国の文化的危機にあたり、微力をも顧みず再建の礎石たるべき抱負と決意とをもって出発したが、ここに創立以来の念願を果すべく角川文庫を発刊する。これまで刊行されたあらゆる全集叢書文庫類の長所と短所とを検討し、古今東西の不朽の典籍を、良心的編集のもとに、廉価に、そして書架にふさわしい美本として、多くのひとびとに提供しようとする。しかし私たちは徒らに百科全書的な知識のジレッタントを作ることを目的とせず、あくまで祖国の文化に秩序と再建への道を示し、この文庫を角川書店の栄ある事業として、今後永久に継続発展せしめ、学芸と教養との殿堂として大成せんことを期したい。多くの読書子の愛情ある忠言と支持とによって、この希望と抱負とを完遂せしめられんことを願う。

一九四九年五月三日

角川文庫ベストセラー

星やどりの声　朝井リョウ

東京ではない海の見える町で、亡くなった父の残した喫茶店を営むある一家に降りそそぐ奇跡。才能きらめく直木賞受賞作家が、学生時代最後の夏に書き綴った、ある一家が「家族」を卒業する物語。

グラスホッパー　伊坂幸太郎

妻の復讐を目論む元教師「鈴木」。自殺専門の殺し屋「鯨」。ナイフ使いの天才「蟬」。3人の思いが交錯するとき、物語は唸りをあげて動き出す。疾走感溢れる筆致で綴られた、分類不能の「殺し屋」小説！

マリアビートル　伊坂幸太郎

酒浸りの元殺し屋「木村」。狡猾な中学生「王子」。腕利きの二人組「蜜柑」「檸檬」。運の悪い殺し屋「七尾」。物騒な奴らを乗せた新幹線は疾走する！『グラスホッパー』に続く、殺し屋たちの狂想曲。

不時着する流星たち　小川洋子

世界のはしっこでそっと異彩を放つ人々をモチーフに、現実と虚構のあわいを、ほんのり哀しく、滑稽で愛おしい共感の目でとらえた豊穣な物語世界。バラエティ豊かな記憶、手触り、痕跡を結晶化した全10篇。

RDG　レッドデータガール　はじめてのお使い　荻原規子

世界遺産の熊野、玉倉山の神社で泉水子は学校と家の往復だけで育つ。高校は幼なじみの深行と東京の鳳城学園への入学を決められ、修学旅行先の東京で姫神という謎の存在が現れる。現代ファンタジー最高傑作！

角川文庫ベストセラー

大泉エッセイ 僕が綴った16年
大泉 洋

大泉洋が1997年から綴った18年分の大人気エッセイ集（本書で2年分を追記）。文庫版では大量書き下ろし（結婚&家族について語る！）。あだち充との対談も収録。大泉節全開、笑って泣ける1冊。

愛がなんだ
角田光代

OLのテルコはマモちゃんにベタ惚れだ。彼から電話があれば仕事中に長電話、デートとなれば即退社。全てがマモちゃん最優先で会社もクビ寸前。濃密な筆致で綴られる、全力疾走片思い小説。

ピンクとグレー
加藤シゲアキ

12万部の大ヒット、NEWS・加藤シゲアキ衝撃のデビュー作がついに文庫化！ジャニーズ初の作家が芸能界を舞台に描く、二人の青年の狂おしいほどの愛と孤独。各界著名人も絶賛した青春小説の金字塔。

最低。
紗倉まな

AV出演歴のある母親を憎む少女、あやこ。家族に黙って活動を続ける人気AV女優、彩乃。愛する男と上京したスキノの女、桃子。夫のAVを見て出演を決意した専業主婦、美穂。4人の女優を巡る連作小説。

小説 秒速5センチメートル
新海 誠

「桜の花びらの落ちるスピードだよ。秒速5センチメートル」。いつも大切な事を教えてくれた明里、彼女を守ろうとした貴樹。恋心の彷徨を描く劇場アニメーション『秒速5センチメートル』を監督自ら小説化。

角川文庫ベストセラー

小説　言の葉の庭　新海誠

雨の朝、高校生の孝雄と、謎めいた年上の女性・雪野は出会った。雨と緑に彩られた一夏を描く青春小説。劇場アニメーション『言の葉の庭』を、監督自ら小説化。アニメにはなかった人物やエピソードも多数。

小説　君の名は。　新海誠

山深い町の女子高校生・三葉が夢で見た、東京の男子高校生・瀧。2人の隔たりとつながりから生まれる「距離」のドラマを描く新海誠的ボーイミーツガール。新海監督みずから執筆した、映画原作小説。

ふちなしのかがみ　辻村深月

冬也に一目惚れした加奈子は、恋の行方を知りたくて禁断の占いに手を出してしまう。鏡の前に蠟燭を並べ、向こうを見ると——子どもの頃、誰もが覗き込んだ異界への扉を、青春ミステリの旗手が鮮やかに描く。

本日は大安なり　辻村深月

企みを胸に秘めた美人双子姉妹、プランナーを困らせるクレーマー新婦、新婦に重大な事実を告げられないまま、結婚式当日を迎えた新郎……。人気結婚式場の一日を舞台に人生の悲喜こもごもをすくい取る。

きのうの影踏み　辻村深月

どうか、女の子の霊が現れますように。おばさんとその子が、会えますように。交通事故で亡くした娘を待ちわびる母の願いは祈りになった——。辻村深月が〝怖くて好きなものを全部入れて書いた〟という本格恐怖譚。

角川文庫ベストセラー

蚊がいる　穂村弘

日常の中で感じる他者との感覚のズレ。「ある」のに「ない」ことにされている現実……なぜ、僕はあのとき何も云えなかったのだろう。内気は致命的なのか。共感必至の新感覚エッセイ。カバーデザイン・横尾忠則

わたし恋をしている。　益田ミリ

川柳とイラスト、ショートストーリーで描く、さまざまな恋のワンシーン。まっすぐな片思い、別れの夜の切なさ、ちょっとずるいカケヒキ、後戻りのできない恋……あなたの心にしみこむ言葉がきっとある。

ブレイブ・ストーリー（上）（中）（下）　宮部みゆき

亘はテレビゲームが大好きな普通の小学5年生。不意に持ち上がった両親の離婚話に、ワタルはこれまでの平穏な毎日を取り戻し、運命を変えるため、幻界〈ヴィジョン〉へと旅立つ。感動の長編ファンタジー！

過ぎ去りし王国の城　宮部みゆき

早々に進学先も決まった中学三年の二月、ひょんなことから中世ヨーロッパの古城のデッサンを拾った尾垣真。やがて絵の中にアバター（分身）を描き込むことで、自分もその世界に入り込めることを突き止める。

ロマンス小説の七日間　三浦しをん

海外ロマンス小説の翻訳を生業とするあかりは、現実にはさえない彼氏と半同棲中の27歳。そんな中ヒストリカル・ロマンス小説の翻訳を引き受ける。最初は内容と現実とのギャップにめまいものだったが……。